Lord Mayford und die Expedition nach Ägypten

ALEXANDER NERÁ

Lord Mayford
und die
Expedition nach Ägypten

Abenteuererzählung

Including a complete draft
of the English version

Bibliografische Information der Deutschen
Nationalbibliothek:
Die Deutsche Nationalbibliothek verzeichnet diese
Publikation in der Deutschen Nationalbibliografie; detaillierte
bibliografische Daten sind im Internet über http://dnb.dnb.de
abrufbar.

Umschlagmotiv:
WikiImages / Pixabay
Herstellung und Verlag:
BoD – Books on Demand, Norderstedt

ISBN: 978-3-7526-4010-6

22. MAI 1810, LONDON

London ist unerträglich! Ich hätte niemals herkommen sollen. Ich hätte zu Hause bleiben können, hätte ausreiten und die Ruhe und den Frieden auf dem Land genießen können. Stattdessen bin ich hier, wo mir ständig diese aufdringliche Starke über den Weg läuft. *Mrs. Anna M. Starke.* Wofür steht *M.* überhaupt?

Gestern Abend auf einem Ball suchte ich jemandem zum Kartenspielen. Ich verstehe ja, dass die jungen Leute mit Tanzen beschäftigt sind und die Damen bei Laune halten wollen. Aber was machte der Rest? Stand in der Lobby und schien einer Art Rede zu lauschen.

Wenn man niemanden mehr zum Kartenspielen findet, weiß man, dass es mit England bergab geht. Unvorsichtigerweise näherte ich mich der Gruppe, um herauszufinden, was da los war, und erkannte bald diese Starke. Sie verkündete ihre neusten Pläne für eine Expedition nach Ägypten. *Ägypten!* Wie napoleonisch! Vor einer staunenden Gruppe schwadronierte sie über Pyramiden, Pharaonen und Sarkophage. Was für ein Unsinn. Hitze, sage ich dazu, und Sand. Eine Menge Sand.

Ich ging zurück in den Ballsaal und schaffte es, einen Drink zu bekommen. Einen ordentlichen Drink – nicht diese Limonade, die sie auf den Tabletts herumtragen. Plötzlich hörte ich jemanden »Charles!« rufen und sah, wie sie auf mich zukam.

Warum spricht sie mich immer bei meinem Vornamen an? Das erste Mal war vor einigen Jahren, auch auf einem Ball. Da war es das gleiche. Sie kam zu mir herüber, nannte mich Charles und fragte, wie es mir gehe. Ich hatte diese Frau noch nie zuvor in meinem Leben gesehen! Seitdem begrüßt sie mich jedes Mal, wenn ich das Pech habe, auf der gleichen Veranstaltung zu sein wie A.M.S., und ergeht sich endlos in Beschreibungen ihrer geographischen Unternehmungen. Letztes Mal war es der Amazonas oder die Anden – jedenfalls irgendein gottverlassener Ort, der bis vor ein paar Jahrhunderten nicht einmal auf den Karten verzeichnet war. Aber Mrs. Starke tut, als wäre sie die von Seiner Königlichen Hoheit dem Prinzregenten offiziell berufene Forschungsreisende.

Gestern war es also wieder ein neues Ziel.

»Ich frage mich, ob Sie Interesse an meinen Plänen für eine Ägyptenreise haben könnten«, erklärte sie.

»Ich habe sehr großes Interesse an Ihren Plänen, Ma´am. Je mehr ich darüber weiß, desto leichter wird es für mich, nicht in sie hineingezogen zu werden.«

Sie blieb unbeirrt.

»Die Reise hat einen archäologischen Fokus. Sie könnten Anteil an einigen erstaunlichen Entdeckungen haben.«

»Wenn es für diese Entdeckungen erforderlich ist, in der Erde herumzugraben, nehmen Sie besser meinen Gärtner mit.«

Ja, rückblickend denke ich fast, dass ich das hätte freundlicher formulieren können, aber diese Frau ist so unfassbar aufdringlich.

»Lehnen Sie Reisen grundsätzlich ab oder nur meine Reisepläne?«, fragte sie.

»Ich lehne es ab zu reisen, wenn es unnötig ist.«

»Wie können Sie die Erforschung untergegangener Hochkulturen unnötig nennen? Auch wenn wir keinen bisher unbekannten Tempel des Mittleren Königreichs entdecken sollten – ich bin allerdings zuversichtlich, dass uns dies gelingen wird – glauben Sie nicht, eine Begegnung mit einer fremden Zivilisation in Ägypten wäre eine persönliche Bereicherung für Sie?«

»Ich glaube, dass die Zusammentreffen, die ich hier in London habe, *befremdlich* genug sind.«

»Wie Sie meinen«, sagte sie steif, fügte jedoch hinzu: »Lassen Sie es mich wissen, wenn Sie Ihre Meinung ändern.«

Und sie lässt niemals locker.

23. MAI 1810, LONDON

Einen ruhigen Abend mit Karten hatte ich mir vorgestellt. Roxwell, Wilmcote und Highley waren vorbeigekommen – für ein schnelles Abendessen und ein viel längeres Spiel.

Roxwell hatte die Karten noch nicht ausgeteilt, da begann Wilmcote:

»Haben Sie von den archäologischen Ausgrabungen gehört, die Mrs. Starke plant? Ich finde ihre Herangehensweise außerordentlich interessant.«

»Ganz außerordentlich«, sagte ich und fixierte mein Blatt.

»In der Tat«, rief Highley. »Sie hat wieder einen ihrer berühmten Aufrufe veröffentlicht. Sehr gut geschrieben und wunderbar recherchiert!«

Er zog ein Blatt Papier aus der Jackentasche und platzierte es in der Mitte des Tisches, damit wir es alle sehen konnten.

»Sind sie das nicht immer?«, murmelte ich und spielte eine Karte aus, die jedoch den plakatgroßen Aufruf kaum verdecken konnte.

»Sie ist noch auf der Suche nach Mitreisenden und finanzieller Unterstützung«, informierte uns Highley, während er meine Karte zur Seite schob und auf eine Stelle auf dem Aufruf deutete.

»Wäre das nicht etwas für Sie, Mayford?«, rief Wilmcote.

Damit hatte ich nicht gerechnet.

»Für mich?«, frage ich überrascht.

»Die Expedition. Ihre Teilnahme wäre ganz sicher sehr wertvoll für das Unternehmen. Sie kennen sich doch aus mit fremden Ländern und brenzligen Situationen. Sie sind ein ausgezeichneter Reiter und Schütze. Ein erfahrener Soldat und Offizier. Sind Ägypten und Indien nicht sehr ähnlich?«

»Ungefähr wie China und England«, sagte ich.

»Würde es Sie also reizen mitzufahren?«

So ging es endlos weiter. Wilmcote und Highley schienen entschlossen, ein weiteres Opfer für die Expedition dieser Reiseverrückten zu rekrutieren. Immerhin hielt sich Roxwell heraus. Roxwell spricht kaum, wenn er Karten spielt. Ich sollte es auch so halten.

Als sie endlich gegangen waren, befahl ich meinem Diener, allen Besuchern, die auch nur von A.M.S. gehört haben könnten, mitzuteilen, dass ich nach Schottland gereist sei.

4. JUNI 1810, LONDON

White's ist unerträglich. Ich hätte niemals Mitglied werden sollen.

Früher konnte man bei *White's* in Ruhe etwas trinken und vielleicht eine dieser neumodischen Zigarren probieren. Frauen haben keinen Zutritt; daher ist die Atmosphäre friedlich, und die Gespräche beschränken sich auf unverfängliche Themen wie Politik oder die militärische

Situation in Europa. Selbsternannte Entdeckerinnen sind nicht zu erwarten.

Der Abend nahm keinen guten Anfang, denn als ich den Club betrat, traf ich Lord Doddlington.

»Mayford.«

»Doddlington«, nickte ich ihm zu.

»Wie ich höre, waren Sie in Schottland.«

»Ja. Familienangelegenheiten.«

Doddlington ist so dumm wie reich, und er ist sehr reich. Seine Frau macht das Beste daraus, indem sie ihn in die Clubs schickt und sein Geld in der Stadt ausgibt. Er ist von durchschnittlicher Größe, stämmig, aber seine Bewegungen wirken ungelenk. Wenn er geht, scheint er ständig über etwas zu stolpern. Ich würde gern sehen, wie Wellesley versucht, einem Bataillon von Doddlingtons das Marschieren beizubringen!

»Setzen wird uns«, sagte er und winkte mich zu einem Tisch. »Ich möchte etwas mit Ihnen besprechen.«

Nachdem wir etwas zu trinken bestellt hatten, fragte ich:

»Worum geht es?«

»Wilmcote hat mir erzählt, dass Sie Mrs. Starke auf ihrer Expedition ins Tal der Könige oder wo immer sie hingeht, begleiten werden.«

»Ach, hat er das?«

Ich stellte mir vor, was ich tun würde, wenn ich Wilmcote das nächste Mal sah.

»Sie lächeln. Sie werden also in der Tat bei der Expedition dabei sein?«

»Ich werde bei denen dabei sein, die sich aus der verdammten Sache heraushalten.«

Doddlington sah mich überrascht an.

»Ich dachte, Sie befürworten die Pläne von Mrs. Starke. Jemand erwähnte, dass Sie sich nach allen Details erkundigt haben.«

»Das war ein Missverständnis. Aber bei so viel Interesse muss die Reisegruppe doch inzwischen komplett sein.«

»Nun, sie hat die Namen von über sechzig Unterstützern auf ihrer Liste.«

»Sechzig! Wird das eine Expedition oder eine Invasion?«

»Es sind Unterstützer, nicht Mitreisende. Sie haben einen finanziellen Beitrag zugesagt, wie ich selbstverständlich auch. Aber die Zahl derer, die nach Ägypten reisen wollen, ist erheblich geringer.«

»*Sie* könnten mitgehen!«, rief ich. Nichts ist besser als ein Gegenangriff im richtigen Moment.

»Ja, das könnte ich. Meine Frau hat es schon vorgeschlagen, aber ich kann die Zeit nicht erübrigen. Nein, ich stimme Wilmcote zu: Sie wären der richtige Mann dafür.«

»Danke, aber ich möchte nicht.«

»Es könnte eine nette Abwechslung sein.«

»Hören Sie, Doddlington, Sie haben keine Ahnung, wovon Sie reden. Eine Reise nach Ägypten ist eine andere Sache als die Fahrt von London zu Ihrem Anwesen in Yorkshire.«

»Es gibt keinen Grund, herablassend zu werden, Sir! Ich mag nicht Ihre Erfahrung haben – Indien, die Armee und das alles, aber ich habe gute –«

Er überlegte.

»Reflexe!«, rief er triumphierend.

»Reflexe? So einen Humbug habe ich noch niemals gehört. Es geht nicht darum, ein scheuendes Pferd zu zähmen. Bei einer Reise in solche Länder braucht man entschlossene Männer, die bereit sind zu handeln und nicht vor jedem Schritt überlegen, wie die Öffentlichkeit darüber denken könnte.«

»Ich kümmere mich nicht darum, was die Öffentlichkeit denkt!«

»Wenn das so wäre, würde ich mit Ihnen darum wetten, wer zuerst das Tal der Könige erreicht – Sie mit dieser Starke-Expedition oder ich mit meiner eigenen Gruppe.«

Ich knallte mein Glas auf den Tisch und deutete auf kleine Figur, die einige Meter entfernt auf einem Beistelltisch vor einem Spiegel stand. »Aber Sie würden es ja weder wagen noch schaffen, diese Figur dort mit diesem Glas zu treffen.«

Ich stand auf und wandte mich zum Gehen. Die Lust auf einen Abend im Club war mir vergangen.

Einen Moment später hörte ich ein Klirren und das Geräusch von zerspringendem Glas. Als ich mich umblickte, war die Figur verschwunden, und der Spiegel lag in Scherben auf dem Boden. Doddlington stand da, starrte bleich auf die Verwüstung und ruderte mit den Armen.

Der ganze Club war mit einem Mal in Aufruhr. Alle versammelten sich um uns, und Doddlington erzählte immer wieder, was sich zugetragen hatte. Schließlich galt es als ausgemacht, dass Doddlington und ich darum gewettet hatten, wer schneller im Tal der Könige in Ägypten ankommen würde – er als Mitglied der Expedition von A. M. S. oder ich mit einer eigenen Reisegesellschaft.

Ich entdeckte Wilmcote in der Menge. Als er meinen Blick bemerkte, versuchte er, sich davonzustehlen.

»Wilmcote!«, rief ich. »Das alles haben Sie angerichtet! Sie werden mitreisen!«

»Ich? Nein! Ich kann nicht …« Seine Stimme verlor sich.

Einige der Umstehenden murrten vorwurfsvoll.

»Los doch, Wilmcote!«, sagte einer.

»Sie können ihn nicht allein losziehen lassen«, ergänzte ein anderer.

Einige stimmten zu: »Richtig! Genau!«

»Dann muss Highley ebenfalls mit!«, rief Wilmcote.

»Highley? Warum er?«, fragte ich.

»Er hat an dem Abend den Ägypten-Aufruf von Mrs. Starke mitgebracht.«

Das war absurd.

»Seien Sie nicht albern, Wilmcote. Highley ist über sechzig und nicht in der Verfassung für so eine Reise.«

»Dann Roxwell! Er war an dem Abend auch da.«

»Roxwell ist einer der wenigen vernünftigen Leute, die nicht ständig von dieser Starke schwatzen«, sagte ich.

»Ich gehe nur mit, wenn Roxwell mitgeht«, beharrte Wilmcote.

Ich entdeckte Roxwell in der Menge. »Was meinst du, Roxwell?«

Er zuckte die Achsel. »Warum nicht? Wenn die Sache damit geklärt ist – wer hat Lust auf eine Runde Piquet?«

Guter alter Roxwell!

Also – ich habe meine Reisegefährten beisammen. Sehen wir einmal, ob A. M. S. mithalten kann!

6. JUNI 1810, LONDON

Gestern war ich nicht in der Stadt. Ich hatte keine Lust auf noch mehr Gerede über Exkursionen, Ausgrabungen oder ägyptische Geschichte.

Heute Morgen frühstückte ich spät. Bolton, mein Butler, servierte. Wenn es keine großen Partys im Haus gibt, bleiben die meisten Bediensteten auf meinem Landgut.

Ich trank gerade einen Schluck Tee, als ich laute Stimmen in der Halle hörte. Solange ich nicht gefrühstückt habe, empfange ich keine Besucher. Meine Diener haben entsprechende Anweisungen. Ein solcher Radau um diese Zeit war unerhört.

Dann erkannte ich Wilmcotes Stimme. Er schien meinen Diener herumzukommandieren. Das war ein Novum. Aber wahrscheinlich geriet Wilmcote allmählich in Panik und war gekommen, um sich aus der Ägyptensache herauszureden. Nun, ich kann nicht zurück, und ihm werde ich es auch nicht gestatten.

Die Tür wurde aufgerissen, und Wilmcote stürmte in den Raum.

»Was tun Sie denn?«, rief er.

»Ich frühstücke.«

»Es gibt keine Minute zu verlieren.«

»Ich denke, diese Eier werden noch ein wenig länger warm bleiben.«

»Ich spreche von der Expedition. Die anderen reisen in drei Tagen aus London ab!«

»Drei Tage? Wie haben sie das restliche Geld so schnell zusammenbekommen?«

»Doddlington.«

Natürlich. Er würde die fehlenden Mittel aufbringen. Es ist für ihn eine Kleinigkeit.

»Aber wird die Gruppe bereit sein, so kurzfristig aufzubrechen?«

»Lord Doddlington sagte ihnen, sie sollen rechtzeitig zur Abreise da sein – oder sich zum Teufel scheren.«

Ein Mann mit einer Mission.

»Und was sagt sie?«

»Mrs. Starke formulierte es höflicher, aber die Botschaft war dieselbe.«

Bolton hatte die Tür geschlossen und begann, ein Gedeck für Wilmcote aufzulegen.

»Setzen Sie sich und essen Sie etwas«, sagte ich. »Danach machen wir uns an die Arbeit. Bolton, wir brauchen Sie später für die Reisevorbereitungen.«

»Mylord?«

»Ägypten. Abreise noch diese Woche. Sie kommen mit uns.«

»Selbstverständlich, Mylord.«

10. JUNI 1810, PLYMOUTH

Wir kamen am frühen Nachmittag in Plymouth an, fanden ein Gasthaus und ließen das Gepäck unter Boltons Aufsicht dort zurück. Roxwell, Wilmcote und ich gingen zum Hafen und verbrachten mehrere Stunden auf der Suche nach einer Passage, die uns nach Ägypten bringen würde. Es war vergeblich. Die einzige Möglichkeit, unserem Ziel näher zu kommen, war ein Schiff, das über Lissabon nach Malta segeln sollte. An seiner Anlegestelle trafen wir einen erfahrenen Seemann, der auf dem Pier stand und ein Dutzend Seeleute befehligte. Es war der erste Maat. Er teilte uns mit, dass das Schiff nicht vollständig belegt sei, aber ein Adliger alle freien Plätze für sich und seine Reisegruppe reserviert habe.

»Kennen Sie zufällig den Namen dieses Gentleman, guter Mann?«, fragte ich den Maat.

»Es ist Lord Doddlington und eine Gruppe von Entdeckern, Sir.«

Während Wilmcote leise Flüche murmelte, bedankten wir uns bei dem Maat, der sofort wieder seine Männer anschrie.

»Heute können wir nichts mehr tun«, sagte ich. »Lasst uns zurück ins Gasthaus gehen.«

»Warum geht ihr nicht voraus?«, schlug Roxwell vor. »Ich glaube, ich kenne den Kapitän, und möchte ihn zumindest begrüßen.«

Wir hatten keine Einwände, und er ging an Bord des Schiffs. Wilmcote und ich kehrten in die Stadt zurück. Auf dem Rückweg beklagte sich Wilmcote über langsame Pferde, kleine Schiffe und einen allgemeinen Mangel an ehrenhaftem Verhalten unter dem englischen Adel.

Roxwell kam einige Zeit nach uns im Gasthaus an. »Es ist alles geregelt«, eröffnete er uns. »Der Kapitän hat uns auf die Passagierliste gesetzt.«

Wilmcote und ich gratulierten ihm voller Begeisterung und fragten, wie er das erreicht habe, aber er schüttelte nur den Kopf und lächelte. Während seines Diensts als Armeeoffizier war es ihm immer gelungen, auch die schwierigsten Dinge zu arrangieren. Sogar Monate nach Beginn eines Feldzugs waren seine Männer so gut versorgt wie der Generalstab im Hauptquartier.

11. Juni 1810, auf See

Als wir heute am Pier ankamen, wurde gerade das Gepäck der anderen Reisegruppe auf das Schiff verladen. Wir sahen Doddlington, A.M.S. und etwa ein Dutzend weiterer Personen. Doddlington war wütend, als er erfuhr, dass wir mit der gleichen Passage reisen würden. Aber er konnte nichts dagegen tun, da der Kapitän klare Befehle hinterlassen hatte. Doddlington beruhigte sich schließlich, und dem zweiten Maat, einem junger Kerl Anfang Zwanzig, gelang es, alle Passagiere an Deck zu versammeln.

»Willkommen an Bord, meine Damen und Herren«, sagte er. »Der Kapitän und der erste Matt lassen sich entschuldigen. Sie sind in einer wichtigen Angelegenheit beim Hafenmeister, um sicherzustellen, dass sich unsere Abreise nicht verzögert. Ich möchte nun die Kabinen zuteilen.«

Er zog ein Blatt Papier hervor und fuhr fort:

»Lord Doddlington, normalerweise würde der Kapitän Ihnen mit Freude seine Kajüte überlassen, aber unter den gegebenen Umständen fragten wir uns, ob Sie damit einverstanden wären, die Kapitänskajüte Lord Mayford und seiner Gattin zu geben.«

»Was?«, schrie Doddlington wütend.

»Seine Gattin?«, schrie ich noch lauter.

»Es tut mir leid«, stammelte der arme Kerl. »Ich wollte sagen – Lady Mayford.« Er wandte sich an A.M.S., die ihn verwirrt ansah. »Ich bitte um Entschuldigung, Ma'am … Mylady. Ich wollte keinesfalls …«

Ich blickte mich um, aber Roxwell war nirgendwo zu sehen.

Es dauerte eine Weile, bis sich alle beruhigt hatten und die Kabinen neu zugewiesen werden konnten. Am Ende bekam A.M.S. die Kapitänskabine für sich und ihre Zofe, Doddlington erhielt eine eigene Kabine, und Wilmcote und ich wurden zu einem kleinen Raum geführt, wo wir Roxwell fanden, der es sich schon bequem gemacht hatte.

»Gattin?«, fragte ich ihn mit einem vorwurfsvollen Blick.

»Ach, weißt du«, sagte er. »Es kommt so leicht zu Missverständnissen.«

14. JUNI 1810, AUF SEE

Schlechtes Wetter und raue See hatten die Passagiere unter Deck gehalten, aber am dritten Morgen nach unserer Abreise von Plymouth war der Himmel wieder klar, und eine frische Brise wehte.

Die Passagiere kamen an Deck und machten sich miteinander bekannt. Die Expedition und die Wette waren natürlich die Hauptgesprächsthemen.

Neben A.M.S. und Doddlington waren zehn weitere Personen mit der Starke-Gesellschaft unterwegs: Doddlington hatte seinen Butler und einen Diener mitgebracht, sie ihre Zofe. Es gab zwei Herren vom Britischen Museum; einen Schotten, der in der Armee gewesen war; einen emeritierten Professor aus Oxford, mit dem Spezialgebiet Ägyptologie; und drei weitere englische Herren, die offensichtlich von Ägypten oder A.M.S. fasziniert waren – oder beiden.

Ich stand am Heck. Einer der beiden Herren aus dem Britischen Museum suchte den Horizont mit einem Fernrohr ab. Meiner Meinung nach gab es absolut nichts zu sehen außer Wasser und Himmel, aber alle paar Minuten legte er das Fernrohr beiseite und machte eifrig Einträge in einem kleinen Notizbuch.

Doddlington kam zum Heck geschlendert. Als er mich sah, nickte er mir kurz zu und drehte sich wieder um.

Aber Wilmcote war herübergekommen, um mit ihm zu sprechen.

»Lord Doddlington. Guten Morgen!«

»Morgen.«

»Ist es nicht erstaunlich, wie gut wir alle vorankommen, aber dabei völligen Gleichstand haben, was unsere Wette angeht? Zumindest bis Malta.«

»In der Tat«, antwortete Doddlington. »Aber Sie werden später genügend Gelegenheit haben zurückzufallen.«

»Meinen Sie? Es könnte auch andersherum sein.«

»Kaum. Wir sind hervorragend auf die Reise ins Tal der Könige vorbereitet.«

»Glauben Sie nicht, dass auch wir unsere Vorbereitungen getroffen haben? Unterschätzen Sie nie Ihren Gegner!«

»Ich würde niemals einen ernstzunehmenden Gegner unterschätzen.«

Gelangweilt von ihrem Gezänk, wollte ich das Heck verlassen, doch der Herr vom Museum hatte sein Notizbuch weggesteckt und war zu Doddlington und Wilmcote getreten.

»Verzeihen Sie, wenn ich mich einmische, verehrte Herren, aber ich konnte nicht umhin, Ihr Gespräch mitanzuhören. Mir war nicht bewusst, dass wir zwei Reisegesellschaften an Bord haben, die zu verschiedenen Zielen reisen.«

»Sie irren sich, Sir«, sagte Wilmcote. »Wir haben zwei Parteien mit demselben Ziel.«

»Aber ich meine gehört zu haben, wie Sie das Tal der Könige erwähnten.«

»Natürlich!«, rief Doddlington unwirsch. »Das ist das Ziel dieser Expedition. Ihnen sollte das bekannt sein.«

»Ich bitten um Verzeihung, Lord Doddlington, aber die Expedition geht nach Faijum.«

»Wohin?«

»Nach Faijum«, wiederholte der Herr. »Das Tal der Könige liegt viel weiter im Süden.«

Doddlington und Wilmcote waren verwirrt, genau wie ich. Um die Angelegenheit zu klären, beteiligte ich mich an dem Gespräch, aber der Herr war beharrlich. Schließlich wurde nach A. M. S. geschickt. Sie kam und bestätigte, dass die Expedition in die Region Faijum gehen sollte, nicht ins Tal der Könige.

Alle verstummten und blickten betreten umher.

»Das macht nichts«, sagte Doddlington schließlich. »Mrs. Starke, wir müssen nur einen kleinen Abstecher ins Tal der Könige machen.«

»Lord Doddlington, das kann nicht Ihr Ernst sein!«

»Natürlich ist es das. Wir werden ins Tal der Könige reisen, und danach werden wir Sie sicher und gesund an diesen anderen Ort bringen.«

»Das ist lächerlich, Lord Doddlington. Wir fahren nach Faijum und nirgendwohin sonst.«

»Mrs. Starke! Muss ich Sie daran erinnern, dass ich den größten Teil der Kosten dieser Expedition finanziert habe? Ich bestehe darauf, dass Sie Ihre Reisepläne ändern, damit wir das Tal der Könige zum frühestmöglichen Zeitpunkt erreichen.«

»Ich bin dankbar für Ihre Unterstützung, Lord Doddlington. Aber das Ziel dieser Expedition kann nicht Gegenstand einer Diskussion sein. Wenn Sie diese Reise tatsächlich auf der Grundlage eines Missverständnisses begonnen haben, steht es Ihnen frei, Ihre Pläne zu ändern. Ich würde das sehr bedauern, aber dann werde ich die Reise mit den Mitteln, die mir zur Verfügung stehen, fortsetzen.«

Sie war jetzt wütend. Ich hatte sie noch nie richtig wütend gesehen.

»Unter keinen Umständen«, fuhr sie fort, »werde ich zustimmen, kreuz und quer durch Ägypten zu reisen, um den Launen zweier gelangweilter Herren zu gefallen, die nicht das geringste Interesse an archäologischen Studien haben. Das Tal der Könige ist hunderte von Meilen von unserer Route entfernt. Niemand, der bei Verstand ist, würde dorthin reisen, nur um sich in London damit rühmen zu können. Sie haben anscheinend vergessen, dass dies eine Expedition nach Ägypten ist, kein Spaziergang im Hyde Park!«

Ein unbehagliches Schweigen folgte diesem Ausbruch.

»Er hat die Figur zertrümmert!«, hielt ich dagegen.

A. M. S. schaute uns beide einen langen Moment an und sagte dann eisig: »Ich kenne die Rituale, die in einem Herrenclub üblich sind, nicht, und ziehe es vor, es dabei zu belassen.«

Sie drehte sich um und ließ uns stehen.

Nach einer Weile blickte Doddlington mich an und sagte: »Ich fühle mich noch immer an unsere Wette gebunden.«

»Ich habe nichts anderes erwartet«, antwortete ich, »und werde mich natürlich ebenfalls an unsere Abmachung halten.«

»Allerdings bin ich, wie ich zugeben muss, etwas unschlüssig, was meine weiteren Schritte betrifft.«

»Ich verstehe, was Sie meinen, Doddlington. Die Lage ist etwas unbestimmt.«

»Genau.«

»Lassen Sie uns noch einmal an unser Gespräch im Club zurückdenken. Wenn ich mich recht erinnere, habe ich Sie herausgefordert, nach Ägypten zu reisen.«

»Auf die beleidigendste und herablassendste Art und Weise!«, rief er.

»Unfug! Sie ließen das Thema nicht fallen und plapperten immer weiter über diese Expedition!«

»Schon gut, schon gut. Was wollten Sie sagen?«

»Wenn ich mich richtig erinnere, haben wir vereinbart, dass Sie sich der Expedition anschließen werden und dass das Rennen ins Tal der Könige gehen sollte.«

»Aber das ist nicht das Ziel dieser Expedition.«

»Nein«, bestätigte ich.

»Dann ist die Sache klar, Mayford. Sie werden weiter in Richtung dieses Tals reisen. Ich werde bei der Expedition bleiben, bis sie diesen anderen Ort erreicht hat und Sie dann auf dem Weg ins Tal überholen.«

»Inakzeptabel. Es ist nicht möglich, zuerst nach Faijum zu reisen und trotzdem schneller als ich im Tal der Könige zu sein. Das würde Sie benachteiligen. Nein. Ich habe gesagt, was ich gesagt habe. Sie gehen nach Faijum, ich ins Tal. Wer zuerst sein Ziel erreicht, ist der Gewinner.«

»Nein, Sir!«, rief er aus. »Das Tal liegt viel weiter südlich. Undenkbar, dass jemand es früher als einen viel näherliegenden Ort erreichen könnte. Der ganze Club würde mich auslachen, wenn ich dem zustimme.«

»Nun …«, sagte ich unschlüssig.

»Sie könnten auch zu diesem Feenort reisen.«

»Faijum?«

»Jawohl!«

»Warum sollte ich nach Faijum reisen?«

»Die Expedition geht dorthin. Wir könnten uns darauf einigen, dass dies das Ziel unseres Rennens ist.«

»Ausgezeichnete Idee, Doddlington! Und wenn wir nach London zurückkommen, berichten wir allen davon, wie uns auf halbem Weg nach Ägypten das Gefühl beschlich, das Tal der Könige sei zu weit weg, und wir daher beschlossen, stattdessen an einen bequemeren Ort zu reisen. Glauben Sie, es ist noch wichtig, ob Sie als Gewinner oder Verlierer einer solchen Vereinbarung nach London zurückkehren?«

»Nun …«, sagte er unschlüssig.

Wir verstummten wieder.

»Sagen Sie mal, Doddlington, was ist der entfernteste Ort, den Sie in Ihren Reiseplänen notiert haben?«

»Keiner.«

»Keiner?«

»Ich habe mich nie an der Planung beteiligt. Sie hat sich um all das gekümmert. Ich dachte, sie würde eine Route ausarbeiten, die uns direkt zu den Pyramiden führt.«

»Giza?«

»Ich dachte, ihr Name sei Anna«, sagte er überrascht.

»Was ich meinte, ist, Sie dachten, die Pyramiden bei Giza seien das Ziel, nicht das Tal der Könige?«

»Ist das nicht dasselbe?«

»Nein.«

»Aber die Pyramiden wurden von Königen gebaut, nicht wahr?«

»Ich glaube schon.«

»Warum sind die Pyramiden der Könige dann nicht im Tal der Könige?«

»Woher soll ich das wissen? Möchten Sie Ihre geschätzte Expeditionsleiterin konsultieren?«

»Nein!«, rief er. »Egal. Dieses Tal ist wahrscheinlich eine Art Sommerresidenz.«

»Möglich. Was tun wir also?«

»Wir hätten die Wette aufschreiben sollen, um solche Verwirrungen zu vermeiden.«

»Sie *wurde* aufgeschrieben. Im Buch«, sagte ich.

»Das Buch des Clubs! Sie haben Recht. Aber das Buch ist in London.«

»Und?«

»Wir müssen zurück nach London, im Buch nachsehen und noch einmal starten.«

Ich sah ihn prüfend an. »Sind Sie sicher?«, fragte ich.

»Ja. Was können wir sonst tun?«

»Sie meinen, wir werden das Schiff in Lissabon verlassen und nach Hause zurückkehren?«

»*Sie* können zurückkehren. Ich habe Mrs. Starke versprochen, mich ihrer Expedition anzuschließen, und werde bei der Gruppe bleiben, bis sie ihr Ziel erreicht hat.«

»Das ist Ziel ist Faijum, nicht das Tal der Könige.«

»Das weiß ich jetzt!«, rief er.

»Ich verstehe. Dann komme ich mit Ihnen nach Faijum.«

»Warum? Sie haben sich nicht auf die Expedition eingelassen.«

»Glauben Sie, ich würde nach London zurückkehren, während alle anderen weiter nach Ägypten reisen? Der ganze Verein wäre noch dabei, mich auszulachen, wenn Sie zurückkommen. Nein, Sir. Wenn Sie gehen, gehe ich auch.«

»Also gut«, sagte er gereizt.

»Also gut«, sagte ich.

11. Juli 1810, Alexandria[1]

Nach einigen Tagen Aufenthalt auf Malta fanden wir ein Handelsschiff, das nach Alexandria ging, und so machten wir uns auf zu unserer letzten Seeetappe.

Die Strömung von der Adria und dem Archipel ist zwischen Candia und der Küste Ägyptens so stark, dass sie ein Schiff, das bei mäßiger Brise segelt, in vierundzwanzig Stunden zwanzig Meilen von seinem Kurs nach Süden abbringt. Die Strömung macht auch das Anlaufen des Hafens zu einer Herausforderung. Wir waren gezwungen, einen Lotsen an Bord zu nehmen, der uns durch die zahlreichen Sandbänke steuerte, die den westlichen Hafen von Alexandria versperren.

Als wir an Land traten, war die Fremdartigkeit jedes Objekts, das wir erblickten, Beweis, dass wir Europa verlassen hatten.

»Wie seltsam!«, rief Doddlington ungläubig aus. »Pferde und Ochsen scheinen in diesem Land durch Esel und Kamele ersetzt worden zu sein!«

A. M. S. nutzte die Gelegenheit, uns zu belehren, dass Ägypten die Heimat einer Eselsrasse ist, die obwohl klein, extrem gefügig ist und im Trab pro Stunde vier oder fünf Meilen zurücklegen kann. Wegen dieser Eigenschaften

---

[1] Einige der Reise- und Landesbeschreibungen in den folgenden Abschnitten sind dem Buch *Narrative of a Journey in Egypt and the Country Beyond the Cataracts* von Thomas Legh entnommen (eigene Übersetzung, teilweise bearbeitet). Wegen des stark abweichenden und deutlich sachlicheren Stils von Mr. Legh wurde darauf verzichtet, die einzelnen Passagen zu kennzeichnen. Der interessierte Leser wird diese dennoch mit Leichtigkeit identifizieren können.

werden diese Esel im ganzen Land als übliches Transportmittel bevorzugt.

Nachdem A.M.S. und Mr. Halesworth vom Britischen Museum einen Tag nach unserer Ankunft einen lokalen Führer gefunden hatten, bestand die nächste Aufgabe darin, geeignete Transportmittel zu besorgen. Üblich ist es, einige Esel zu kaufen oder zu mieten.

Doddlington wollte nichts davon hören.

»Ich will verdammt sein, wenn ich auf einem dieser Biester durch Ägypten reise!«, rief er. »Sie können das Gepäck tragen. Ich gehe eher zu Fuß, als auf einem zu reiten.«

A.M.S., unser einheimischer Führer und Mr. Halesworth versuchten, ihn zu beschwichtigen, doch ohne Erfolg.

Schließlich mischte ich mich ein.

»Regen Sie sich ab, Doddlington. Mitten in der Wüste brauchen Sie keine Sorgen zu haben, Mr. Brummells Missfallen zu erregen.«

»Sie überraschen mich, Sir!«, rief er. »Wie kann ein ehemaliger Kavallerieoffizier überhaupt in Erwägung ziehen, auf so einem Tier zu reiten?«

»Solange ich reite, ist mir egal worauf.«

Der armer Doddlington! In dieser Sache hatte er keine Verbündeten. Zaghaft unternahm er einen letzten Versuch:

»Lord Roxwell, haben auch Sie die Absicht, einen Esel als Transportmittel zu wählen?«

»Ganz bestimmt nicht.«

»Ach?«, staunte Doddlington.

Genauso erstaunt wandte ich mich an Roxwell:

»Wie meinst du denn das?«

»Ich werde ein Pferd kaufen.«

»Wohl gesprochen, Sir!«, dröhnte Doddlington. »Und haben Sie sich auch schon überlegt, wie Sie das angehen werden?«

Am Ende beschlossen fünf von uns, ein Pferd zu kaufen: Doddlington; Roxwell; Meldrum, der Schotte; Hawkridge, ein junger Kerl – und ich.

A. M. S. tat, als habe sie nichts davon bemerkt.

19. JULI 1810, KAIRO

Wir verließen Alexandria am 14. und nahmen den Weg nach Rosetta. Nachdem wir durch ein ausgesprochen trostloses und in seinem Aussehen uninteressantes Gebiet gereist waren, kamen wir schließlich in Kairo an.

Kairos Häuser sind aus Backstein und zeichnen sich durch ihre extreme Höhe aus. Die Straßen sind jedoch schäbig und schmutzig – und so schmal, dass kaum zwei beladene Kamele einander passieren können.

Es ist sicherlich nicht meine Lieblingsstadt, aber viele unserer Mitreisenden waren von den Basaren fasziniert. A. M. S. gab eine weitere Vorlesung:

»Kairo ist ein wichtiger Handelsort und der wichtigste Umschlagplatz für Waren aus Ostafrika.« Sie erging sich in weiteren Betrachtungen über Karawanen, die Goldstaub, Elfenbein, Nashornhörner und was nicht alles in die Stadt bringen.

Doddlington hatte ihren Ausführungen diesmal mit großem Interesse zugehört.

»Wir sollten einige Einkäufe tätigen!«, schlug er aufgeregt vor.

Seine Frau hatte ihm wahrscheinlich eine Liste von Dingen mitgegeben, die er für sie besorgen sollte.

Einige nickten, und Doddlington fuhr fort:

»Ich will eines dieser originellen orientalischen Schwerter mit einer geschwungenen Klinge. Verstehen Sie, es ist gekrümmt, aber an der Spitze der Klinge ist es in die andere Richtung gekrümmt.«

»Sie beziehen sich wahrscheinlich auf Yatagans, die osmanischer Herkunft sind«, sagte Mr. Halesworth. »Sie dürften einige Stücke von guter Qualität hier in Kairo finden können.«

Doddlington war begeistert: »Hervorragend! Mr. Halesworth, wären Sie bereit, mich zu begleiten und mich beim Erwerb eines dieser Yatadings zu beraten?«

»Yatagan«, sagte Halesworth. »Es wäre mir ein Vergnügen.«

Sie sollten A.M.S. mitnehmen. Dann könnte sie Doddlington alles beibringen, was er nie über die Waren Kairos wissen wollte.

Der nächste Tag wurde für Basarbesuche reserviert.

20. JULI 1810, KAIRO

Über Nacht schienen alle eine Einkaufsliste erstellt zu haben. Nach dem Frühstück verließen die Mitglieder unserer Reisegesellschaft das Gasthaus, um einzeln oder in Zweier- oder Dreiergruppen den Basar zu besuchen.

Nachdem ich nach den Pferden gesehen hatte, ging ich auf eigene Faust zum Basar. Zugegeben – es war ein großartiges und faszinierendes Spektakel. Eine Stunde lang trieb ich durch einen endlosen Ozean von Ständen und Menschen. Jede Warenart hatte ihr zugeteiltes Areal. Lebensmittel, türkische und arabische Kleider, jede Art von östlichem Luxus und Pracht, sogar eine große Auswahl an teuren Schwertern. Sicherlich könnte Doddlington hier ein –

»Das ist ein sehr schönes Stück!«, erklang eine vertraute Stimme. »Was meinen Sie, Mr. Halesworth? Ah, Mayford, was halten Sie davon?«

Vor mir stand Doddlington, der einen Dolch auf mich richtete. Langsam schob ich die Klinge von meinem Gesicht weg.

»Haben Sie etwas gefunden?«, fragte ich ihn.

»Viele feine Stücke. Aber ich hätte gerne etwas Dekorativeres. Vielleicht mit Juwelen besetzt.«

Ich wette, seine Frau sagt das auch immer.

Er wandte sich an den Kaufmann. »Haben Sie etwas mit Edelsteinen? Es macht nichts, wenn es etwas teurer ist.«

Doddlington – ein geborener Verhandler.

»Sehr schöne Schwerter«, sagte der Kaufmann und zeigte auf die Auslage vor Doddlington.

»Sicher, sicher. Aber ich suche etwas Besonderes. Etwas Ungewöhnliches.«

Der Kaufmann zögerte einen Moment und schaute misstrauisch auf das Gewühl um uns herum. Dann gab er seinem Gehilfen ein Zeichen und sagte etwas auf Arabisch, was wahrscheinlich bedeutete, dass dieser ein Auge auf die Waren haben sollte. Dann flüsterte uns zu:

»Folgt mir nach.«

Er ging zur hinteren Wand seines Marktstands, zog einen Vorhang zu Seite und ließ uns durch die Öffnung treten. Nur wenige Schritte hinter dem Stand befand sich die Vorderseite eines Hauses. Der Kaufmann nahm einen Schlüssel aus seinem Kaftan und öffnete eine schwere hölzerne Tür. Wir traten hindurch und fanden uns in einem dämmrigen Raum voller Schränke und Kisten wieder. Mit einem weiteren Schlüssel schloss der Kaufmann eine Truhe auf und nahm einen Gegenstand, der in ein Seidentuch gewickelt war, heraus. Vorsichtig legte er ihn auf einen kleinen Tisch. Er entfernte das Tuch langsam, so dass ein etwa zwei Fuß langes Schwert zum Vorschein kam. Der Kaufmann nahm es auf und reichte es Doddlington.

»Sehr alt, sehr wertvoll«, sagte er und blickte uns erwartungsvoll an.

Doddlington zog das Schwert aus der Scheide. Beide Stücke waren wunderbar gefertigt. Die Klinge zeigte die für Damaszener-Stahl typischen Linien. In Scheide und Griff, wahrscheinlich aus Silber, war ein filigranes Muster eingearbeitet, und Edelsteine in verschiedenen Farben waren in das Metall eingelassen.

»Ganz außergewöhnlich«, sagte Doddlington beeindruckt. »Ich nehme es nach draußen, um es genauer ansehen zu können.«

»Nein!«, rief der Kaufmann.

Zwischen dem Händler und Mr. Halesworth entwickelte sich ein angespanntes Gespräch auf Arabisch. Schließlich wandte sich Halesworth an uns:

»Er lässt es uns nicht nach draußen nehmen. Er sagt, es sei ein sehr altes und einzigartiges Stück. Daher sei es draußen nicht sicher, und er will nicht, dass seine Konkurrenten es sehen.«

»Das verstehe ich«, sagte Doddlington, während er mehrere imaginäre Feinde erstach. Er gab mir das Schwert.

»Was meinen Sie?«

Ich wog das Schwert in meiner Hand.

»Es ist wunderbar ausbalanciert«, sagte ich. »Der Griff ist in der Tat aus Silber. Und hier«, ich zeigte auf die Klinge. »Sehen Sie diese Linien? Ich denke, der Stahl ist auch von bester Qualität.«

Doddlington wandte sich an den Kaufmann: »Wie viel?«

Der Kaufmann sagte etwas mit leiser Stimme, das ich nicht verstehen konnte. Halesworth schien ein wenig blass zu werden, aber Doddlington sah ihn nur fragend an. Was auch immer der Preis war, er würde innerhalb Doddlingtons Budget liegen.

»Es ist eine Menge Geld«, sagte Halesworth. »Andererseits ist es ein außergewöhnliches Stück. Wenn es wirklich so alt ist, wie er behauptet, wäre es eine fantastische Gelegenheit. Wahrscheinlich wurde es aber erst vor Kurzem hergestellt. Sie sollten versuchen, den Preis zu drücken.«

»Ich nehme es«, sagte Doddlington zu dem Händler.

Doddlington wird nie ein sparsamer Mann werden. Aber ich kann ihm kaum verübeln, dass er nicht mit dem Händler feilschen wollte. Bei diesem Stück wäre ich fast versucht gewesen, ihn zu überbieten.

21. JULI 1810, KAIRO

Heute Vormittag ließen wir das Gepäck im Gasthaus und ritten zu den Pyramiden von Giza, um den Tag mit der Besichtigung dieser wunderbaren Monumente zu verbringen.

A.M.S. begann, uns von einer endlosen Liste von Pharaonen zu berichten, die zum größten Teil, wenn ich mich richtig erinnere, lebten, bevor die Pyramiden gebaut wurden. Da die beiden Herren vom Britischen Museum unter der Hitze litten und alle anderen von dem Thema nicht sehr angetan waren, stießen die Informationen auf wenig Resonanz. Wilmcote, in guter Absicht, versuchte, Interesse zu zeigen.

»Wann war Rehabeam Pharao, Mrs. Starke?«, fragte er.

Sie war offensichtlich beleidigt und gab keine Antwort.

»Ich wusste gar nicht, dass die Könige von Juda auch die Pharaonen von Ägypten waren«, flüsterte mir Doddlington zu, so dass A. M. S. es nicht hören konnte.

»Woher wissen Sie, wer Rehabeam war?«, flüsterte ich erstaunt zurück.

Er sah mich verwirrt an, aber sagte nichts mehr. Doch als wir die Stadt Giza passiert hatten, wurde er ungeduldig.

»Wo sind denn diese Pyramiden?«, wollte er wissen.

»Wir werden in ungefähr einer Stunde dort sein«, antwortete unser einheimischer Führer.

»Eine andere Stunde! Warum nennt man sie ‚Pyramiden von Giza‘, wenn sie überhaupt nicht in Giza sind?«

»Trotz dieser Unannehmlichkeiten sollten wir uns glücklich schätzen, dass die Pyramiden erheblich näher liegen als das Tal der Könige«, kommentierte A. M. S. nüchtern.

Wilmcote versuchte, das Gespräch zurück auf sicheres Terrain zu lenken.

»Mr. Hawkridge, welche der Pyramiden wollen Sie besteigen?«, fragte er.

»Alle natürlich, wenn wir schon einmal hier sind!«

»Die Große Pyramide ist als einzige für einen Aufstieg geeignet«, informierte sie A. M. S.

Ich glaube, sie war immer noch verärgert, weil niemand willens gewesen war, ihrem Vortrag über die Pharaonen zuzuhören.

Endlich erblickten wir die Pyramiden von Giza, doch sofort wurden wir durch eine Gruppe arabischer Kaufleute von dem imposanten Anblick abgelenkt. Es bedurfte aller Anstrengungen und Autorität unseres Führers, um sie von uns fernzuhalten.

Und dann waren wir bereit, die antiken Monumente zu erkunden.

Das Innere der Großen Pyramide ist faszinierend. Keine Beschreibung kann der Erfahrung, sie selbst zu sehen, gleichkommen. Ein Aufstieg zur Spitze ist so anstrengend wie das Besteigen eines Berges, aber die Anstrengung wird durch einen Blick auf die grenzenlose Weite der Wüste belohnt.

Diese Wüste würden wir durchqueren müssen, um unser endgültiges Ziel zu erreichen. Wir werden Kairo morgen verlassen, und alle brennen darauf, die letzte Etappe unserer Reise zu vollenden.

24. JULI 1810, IN DER WÜSTE

Wenn ich meinen letzten Eintrag lese, erscheint es besonders seltsam, dass wir heute weiter von Faijum entfernt sind als vor drei Tagen.

Wir kamen am 22. gut voran und schlugen am späten Nachmittag unser Lager auf. Am 23. setzten wir unsere Reise sehr früh fort, um die kühleren Morgenstunden zu nutzen. Wir hielten gegen Mittag eine ausgiebige Rast und lagerten wieder am Abend.

Die Sonne war schon untergegangen, als ich einen Spaziergang um unser Lager machte. Ich stieg eine Sanddüne hinauf und sah plötzlich eine Person in einem schwarzen Gewand. Sofort griff ich nach meiner Pistole.

»Hallo, Charles«, erklang eine weibliche Stimme.

Dann erkannte ich sie.

»Sie sollten hier nicht so herumschleichen«, sagte ich. »Man könnte Sie für einen Eindringling halten.«

»Oder vielleicht einen Dschinn.«

»Das wäre nicht ganz unbegründet.«

»Ich habe gehört, dass Sie sich hinter meinem Rücken über mich lustig machen.«

»Wann soll ich das getan haben?«

»Sie haben mich ‚Giza‘ genannt, nicht wahr?«

»Das war —« Aber wie sollte ich erklären, dass Doddlington nie etwas versteht? Stattdessen sagte ich:

»Es erschien mir passend.«

»Zeigt das Ihre Billigung oder Ihre Missbilligung dieser Reise?«

»Jedenfalls zeigt es, dass Sie da sind, wo Sie sein wollten.«

»Aber Sie sind ebenfalls hier.«

»Genau das macht Sie und Doddlington zu einem so unheimlichen Paar.«

»Dann wissen Sie ja, von wem Sie sich in Zukunft fernhalten sollten.«

»In der Tat. Ich habe schon daran gedacht, in eine der entlegenen Regionen dieses Planeten zu ziehen. Aber auch dort hätte ich Angst, dass Sie früher oder später auftauchen, um unter meiner Strohhütte nach alten Schätzen zu graben.«

»Das ist möglich«, sagte sie. »Ich versichere Ihnen jedoch, dass diese Sanddüne heute Nacht vor mir sicher ist. Genießen Sie die Ruhe der Wüste.«

Sie ging zurück ins Lager.

Da ich in dieser Nacht nicht zur Wache eingeteilt war, glaubte ich, ungestört bis zum Morgen schlafen zu können. Doch ich wurde von lauten Rufen geweckt.

»Alle aufgewacht! Steht auf! Halten Sie Ihre Waffen bereit! Überprüfen Sie Ihr Gepäck, und halten Sie die Augen offen!«

Ich griff nach meinen Pistolen und verließ das Zelt. Einige Leute versuchten herauszufinden, was vor sich ging. Andere hantierten mit dem Gepäck. Dann kam Doddlington herbeigelaufen und schrie:

»Diebe! Verdammte Diebe! Sie haben mein Schwert gestohlen. Ich werde sie zur Rechenschaft ziehen!«

Roxwell erschien.

»Was ist los?«, fragte ich ihn.

»Etwas hat die Pferde erschreckt. Ich ging, um nachzusehen, und beobachtete, wie zwei Männer aus dem Lager rannten.«

»Verdammt sollen sie sein!«, schrie Doddlington. »Aber gut, dass wir die Pferde gekauft haben, nicht wahr?«

Ich ignorierte ihn.

»Konntest du sie erkennen, Roxwell?«

»Nein, aber sie liefen in westlicher Richtung. Ich habe keine Kisten oder Bündel gesehen. Also können sie nicht viel gestohlen haben.«

Doddlington konnte nicht an sich halten. »Sind Sie nicht bei Trost? Sie haben mein Schwert gestohlen! Das habe ich als erstes überprüft. Ich werde mich rächen!«

»Beruhigen Sie sich«, sagte ich. »Es gibt nichts als Wüste um uns herum. Sie müssen ihre Reittiere irgendwo zurückgelassen haben. Wenn wir schnell sind, können wir sie vielleicht abfangen, bevor sie auf und davon sind»

»Sie haben Recht!«, stimmte Doddlington mir zu.

»Also?«, fragte ich.

»Was?«

»Auf geht's!«, schrie ich ihn an.

»Ja, auf geht's!«, rief er.

Wir rannten zu den Pferden, um sie zu satteln.

»Gut, dass wir die Pferde gekauft haben, nicht wahr?«, rief Doddlington wieder. »Ho! Braves Pferd. Wo ist mein Stallbursche, verdammt?«

Hawkridge, Roxwell und ich waren zuerst bereit. Roxwell zeigte uns die Fußabdrücke der Eindringlinge, denen wir so schnell wie möglich folgten. Der Morgen dämmerte bereits, was uns bei der Verfolgung half.

Die Spuren führten in einer fast geraden Linie nach Westen. Wir kamen zu einer riesigen Sanddüne, die mehrere hundert Fuß breit und etwa halb so hoch war. Hawkridge bog nach links ab, um sie zu umgehen. Roxwell und ich hielten uns auf der rechten Seite.

Hinter der Sanddüne befand sich eine Senke, etwa so groß wie die Sanddüne selbst. Wir sahen drei Beduinen auf Pferden. Zwei von ihnen hatten die Senke bereits hinter sich gelassen und galoppierten nach Südwesten. Wir würden sie niemals erwischen.

Die dritte Reiter befand sich noch in der Senke, aber nicht weit von ihrem Rand entfernt. Bis wir die Senke umrundet hätten, wäre er auch entkommen.

Da erschien Hawkridge auf der südlichen Seite der Senke. Er trieb sein Pferd an, um den dritten Reiter zu erreichen. Dieser hatte nun ebenen Boden erreicht, so dass sein Pferd an Geschwindigkeit gewann.

Hawkridge und der andere waren etwa 30 Yard voneinander entfernt, aber es war offensichtlich, dass Hawkridge das schwächere Pferd hatte. Nicht mehr lange, und der andere Reiter würde außer Reichweite sein.

Hawkridge zog eine Pistole und stellte sich in den Steigbügeln auf. Er streckte seinen Arm aus und zielte.

»Erschießen Sie ihn nicht!«, schrie Roxwell neben mir.

Aber Hawkridge schien unbeirrt. Einen Augenblick später hörten wir den Schuss. Das Pferd des Beduinen stolperte, und er wurde abgeworfen. Er blieb am Boden liegen, während das Pferd weiterlief.

Als wir Hawkridge erreichten, war er abgestiegen und hantierte mit seiner Pistole.

»Ich habe nicht auf ihn gezielt!«, sagte er.

Roxwell ging zu dem Beduinen und untersuchte ihn.

»Er ist tot«, verkündete er. »Keine Schusswunde. Wahrscheinlich hat er sich beim Sturz das Genick gebrochen.«

Hawkridge fluchte leise.

Roxwell und ich suchten das Pferd des Beduinen. Wir fanden es nach einer Weile zwischen den Sanddünen. Doddlingtons Schwert war an den Sattel geschnallt. Das Pferd scheute, als wir versuchten, es am Halfter zu fassen, aber schließlich gelang es mir. Dann sahen wir, dass es am Hals verletzt war.

»Das muss Hawridges Kugel gewesen sein«, bemerkte ich unnötigerweise.

»Gehen wir zurück«, sagte Roxwell knapp.

Inzwischen waren Doddlington und Meldrum nachgekommen. Sie warteten mit Hawkridge bei dem toten Beduinen. Doddlington nahm sein Schwert an sich, während Roxwell und ich das Pferd notdürftig versorgten.

»Was machen wir mit ihm?«, fragte Meldrum und zeigte auf den Toten. »Sollten wir ihn nicht beerdigen?«

»Wir lassen ihn hier, zusammen mit dem Pferd«, antwortete ich. »Seine Leute weder sicherlich bald nach ihm suchen. Und wir wissen nicht, wie bald und mit wie vielen Männern.«

Wir kehrten zurück ins Lager, wo sich die anderen über den Ablauf der Verfolgungsjagd berichten ließen. Dass ein Mensch getötet worden war, löste Betroffenheit aus.

»Mich wundert, dass die Diebe nur das Schwert und nichts anderes gestohlen haben«, überlegte ich. »Es scheint, als hätten sie gewusst, dass das Schwert hier war. Doddlington, Sie haben doch niemandem von dem Schwert erzählt, oder?«

»Nicht direkt«, sagte er zögernd.

»Doddlington?«, fragte ich streng.

»Also, als wir bei den Pyramiden waren, sprach ich zufällig mit einem der Leute dort. Sie wissen, wie hartnäckig man dort versucht hat, uns etwas zu verkaufen. Diese Person war jedoch sehr kultiviert und sprach gut Englisch. Irgendwie kam das Thema Dolche und Schwerter auf.«

»Und Sie haben ihm das Schwert gezeigt?«

»Nein, natürlich nicht! Ich hatte es ja gar nicht dabei. Ich fragte ihn nur, ob er wisse, wo ich ein ähnliches Schwert kaufen könne – ohne ihm zu sagen, dass ich bereits eins hatte.«

»Warum wollten Sie denn noch ein Schwert, um Himmels willen?«

»Das wollte ich nicht. Ich will es auch jetzt nicht. Ich war nur neugierig zu erfahren, ob dieses Schwert tatsächlich so einzigartig ist, wie der Händler in Kairo behauptet hatte.«

»Also haben Sie dem Mann das Schwert genau beschrieben?«

»Ja«, murmelte Doddlington. »Aber er sagte, er wisse nicht, wo man ein solches Schwert kaufen könne.«

»Aber er wusste nun, dass Sie schon eines haben?«

Doddlington räusperte sich. »Ich kann nicht völlig ausschließen, dass dieser Mann aus dem, was ich ihm gesagt habe, schließen konnte, dass jemand aus unserer Reisegesellschaft – möglicherweise ich selbst – irgendwann während unserer Reise – möglicherweise in Kairo – ein Schwert mit graviertem Griff und verschiedenfarbigen Edelsteinen gekauft hatte.«

»Sehen Sie? Sie haben ihn darauf gebracht!«, rief ich wütend. »Der Mann will das Schwert, und er hat die Beduinen angeheuert, um es für ihn zu stehlen.«

Mit leiser, aber klarer Stimme sagte jemand: »Ich kann mich natürlich irren.«

Es war der Professor. Jeder sprach ihn als »Professor« an. Ich kenne nicht einmal seinen Namen. Er muss um die sechzig sein, nicht sehr groß, aber er wirkt zäh. Er schien sich hier genauso wohl zu fühlen wie in einem Hörsaal in Oxford.

A.M.S. ermutigte ihn.

»Ja, Professor? Was halten Sie davon?«, fragte sie.

»Es scheint mir seltsam, dass diese Beduinen sich bereiterklärt haben sollen, für Geld ein Verbrechen zu verüben. Beduinen sind ein stolzes Volk. Sie leben in der Wüste und schätzen ihre Unabhängigkeit. Es ist undenkbar, dass sie für Menschen aus den Städten arbeiten würden – es sei denn, sie wären völlig mittellos. Keinesfalls würden sie für jemanden stehlen. Stehlen ist eine höchst unehrenhafte Tat für einen Beduinen.«

Doddlington war aufgebracht.

»Professor, vergessen Sie Ihre Bücher für einen Moment, ja? Diese Leute haben das Schwert gestohlen! Kamen in unser Lager und nahmen es. Wie können Sie behaupten, dass Diebstahl nicht Stehlen ist?«

Ich fand, dass Doddlington nicht ganz unrecht hatte, aber irgendetwas an den Ereignissen ergab keinen Sinn.

»Meine Herren«, sagte ich, »die Situation bereitet mir Sorgen. Wir können über die Motive der drei Männer nur spekulieren. Aber es ist eine Tatsache, dass jemand uns zwei Tage lang durch die Wüste folgte, und alles, was sie interessierte, war Doddlingtons Schwert. Ich denke, wir können die Sache nicht auf sich beruhen lassen, sondern müssen herausfinden, was dahinter steckt.«

A. M. S. betrachtete mich argwöhnisch. »Was schlagen Sie vor?«

»Wir müssen diesen Ort sofort verlassen und für mindestens zwei Tage nach Norden gehen.«

»Aber Faijum liegt im Südwesten«, sagte sie verärgert.

»Ich weiß, wo es liegt. Auch die Leute, die die uns seit Kairo folgen, wissen, dass wir nach Südwesten wollen. Um sie abzuschütteln, müssen wir etwas Unerwartetes tun, und das geht nur, indem wir weder zurückreisen noch unseren Weg fortsetzen.«

»Schön. Und dann?«

Ich bin sicher, dass sie mir immer vorhalten wird, ihre Expedition sabotiert zu haben.

»In der Zwischenzeit sollte unser Führer zurück nach Kairo reiten und versuchen herauszufinden, was vor sich geht. Mr. Halesworth, ich denke, Sie sind derjenige von uns, der die arabische Sprache am besten beherrscht. Daher hoffe ich, dass Sie sich bereiterklären werden, mit ihm zu gehen. Die Aussichten, etwas herauszufinden, sind zwar nicht groß, aber wir sollten es zumindest versuchen, anstatt in Unwissenheit weiterzureisen. Wir werden eine Stadt am Nil bestimmen, in der wir auf Sie warten.

Halesworth nickte. »Ich bin bereit, mit nach Kairo zu gehen.«

Doddlington hatte noch Zweifel. »Warten Sie mal! Wie kommen wir in diese Stadt am Nil?«

»Wie gesagt«, erklärte ich, »wir werden uns auf eine einigen, die nördlich von hier liegt, und dann direkt dorthin gehen.«

»Ja, aber wie werden wir dorthin finden, wenn unser Führer auf diese Aufklärungsmission geschickt wird?«

Ich zeigte auf A.M.S. »Wir haben immer noch Mrs. Starke als Leiterin dieser Expedition.«

Sie zuckte zusammen, schaute in den Himmel und zeigte dann vage in nordwestliche Richtung.

Das reichte, um Doddlington zu überzeugen.

»Also gut. Packen wir zusammen.« Er drehte sich um und rief seinem Diener zu: »Worauf wartest du denn?«

2. AUGUST 1810, ALEXANDRIA

Wir alle sind niedergeschlagen, vor allem A.M.S. Nach den Ereignissen der letzten Tage ist das keine Überraschung.

Mr. Halesworth und unser einheimischer Führer waren nach Kairo zurückgereist und trafen uns ein paar Tage später wieder, so wie wir es geplant hatten. Es war ihnen in der Tat gelungen, mehr über Doddlingtons Schwert zu erfahren. Sobald sie angekommen waren, versammelte sich unsere Reisegruppe im Speiseraum unseres Gasthauses, um zu hören, was die beiden zu berichten hatten.

Das Schwert ist alt, wirklich alt – mehrere Jahrhunderte. Es gehörte seit Generationen einem Beduinen-Clan (ich muss Mr. Halesworth noch einmal nach dem Namen fragen). Vor einigen Jahren wurde es gestohlen. Man weiß nicht, von wem. Einige machten andere Beduinen dafür verantwortlich, was laut Mr. Halesworth unwahrscheinlich ist. Er glaubt, das Schwert wurde von napoleonischen Soldaten gestohlen, die es an Händler in Kairo verkauften.

Der Sheikh der Beduinen scheute keine Mühen, um das Schwert zu finden und zurückzubekommen. Als die Kaufleute auf die Absichten des Sheikh aufmerksam wurden, versuchten sie aus Furcht vor dessen Zorn, das Schwert loszuwerden. Die einträglichste Lösung schien darin zu bestehen, es an einen ahnungslosen Ausländer zu verkaufen.

Doddlington war wütend. »Das ist empörend! Ich lasse mich von niemanden beschuldigen, gestohlene Waren zu kaufen.«

»Das ist nicht das Problem«, erklärte Mr. Halesworth. »Der Sheikh wirft Ihnen nicht vor, das Schwert von dem Händler in Kairo gekauft zu haben. Er wirft Ihnen vielmehr vor, es von seinen Leuten gestohlen zu haben, als sie in jener Nacht in unser Lager kamen.«

Doddlington sah Halesworth ungläubig an.

»Was für ein Einfaltspinsel ist dieser Sheikh? Er schickt diese Kerle, um das Schwert zu stehlen, und beschuldigt mich des Diebstahls?«

»Als die Beduinen das Schwert nahmen, sahen sie das nicht als Diebstahl an. Ihrer Ansicht nach haben sie nur das genommen, was ihnen rechtmäßig gehört. Aber Sie haben die Beduinen bestohlen, indem Sie sie verfolgten und das Schwert entwendet haben.

Doddlington war zu verblüfft, um zusammenhängend zu sprechen. »Sie ... nicht ... aber ich ...«

Der Professor kicherte. »Es klingt ein bisschen verdreht, ist aber aus deren Sicht absolut nachvollziehbar.«

»Absolut nachvollziehbar?«, brüllte Doddlington, zwang sich dann aber, tief durchzuatmen, und fuhr ruhiger fort: »In Ordnung. Gut. Wir werden mit ihnen sprechen und die Sache aus der Welt schaffen. Ich werde ihnen das Schwert geben, als Geschenk. Sie sollen es haben. Dann ist die Sache erledigt, und wir können unsere Reise fortsetzen.«

Der Professor kicherte wieder. »Ich fürchte, es wird ein weiteres Problem geben.«

»Was denn noch?«, fragte Doddlington gereizt.

»Der Professor hat Recht«, sagte Mr. Halesworth. »Einer der Beduinen wurde getötet, als Sie das Schwert gesto- an sich nahmen. Der Sheikh behauptet nun, dass dadurch eine Blutrache zwischen ihm und Ihnen begründet wurde.«

»Sehr schmeichelhaft«, sagte Doddlington. »Aber er wird nicht für immer einen Groll gegen mich hegen, oder?«

Der Professor trat einen Schritt nach vorn. »Beduinen sind ein Volk der Wüste«, dozierte er. »Kein Beduine kann allein überleben, sondern nur in einer Gemeinschaft. Deshalb achten sie ihre Familie und ihren Clan sehr hoch. Wenn ein Außenstehender jemanden aus ihrem Clan verletzt oder tötet, werden die anderen nicht ruhen, bis der Angriff gerächt wurde.«

»Ich habe niemanden getötet!«, verteidigte sich Doddlington. »Nichts für ungut, Hawkridge.«

Hawkridge schnitt eine Grimasse, doch A.M.S., die bisher nur zugehört hatte, sprach, bevor er etwas sagen konnte:

»Einen Moment! Mr. Halesworth, habe ich richtig verstanden, dass die Beduinen Lord Doddlington töten wollen? Und wenn sie herausfinden, dass es eigentlich Mr. Hawkridge war, der den fatalen Schuss abgefeuert hat, wollen sie ihn auch töten?«

»Nicht ganz«, sagte Halesworth.

»Das ist zumindest eine gewisse Erleichterung«, sagte sie.

Mr. Halesworth räusperte sich.

»Die Situation ist noch ernster. Da mehrere Personen an dem – aus Sicht der Beduinen – Raub des Schwertes und dem Tod eines der ihrigen beteiligt waren, hat der Sheikh beschlossen, die Blutrache auf die gesamte Reisegesellschaft auszudehnen. Mit anderen Worten«, er hielt einen Moment inne, »er hat jedem von uns den Krieg erklärt.«

Schweigen folgte dieser Nachricht.

Nach einer Weile sagte Doddlington:

»Mir ist noch nie zuvor der Krieg erklärt worden.«

»Das ist eine Katastrophe!«, rief A.M.S. »Wie können wir so die Expedition fortsetzen?«

Diese Frage wurde lange diskutiert. Der Professor und die Herren vom Britischen Museum waren sich einig, dass es unmöglich war, den Konflikt beizulegen. Weder eine Entschuldigung noch Geld würden ausreichen. Die Beduinen wussten, dass wir nach Faijum wollten, und würden uns dort erwarten. Sie konnten über hundert bewaffnete Reiter aufbringen. Mit einer solchen Armee konnten wir es nicht aufnehmen. Wenn wir in Ägypten blieben, würde der Sheikh das früher oder später herausfinden – und seine Männer schicken.

Am nächsten Morgen begannen wir unsere Rückreise.

Wir sind jetzt in einem Gasthaus in der Nähe des westlichen Hafens von Alexandria. Die Atmosphäre ist angespannt. A.M.S. weigert sich, mit Doddlington und Hawkridge zu sprechen. Unsere Reittiere und den größten Teil der Ausrüstung haben wir verkauft. Roxwell ist auf der Suche nach einem Schiff, das uns nach Hause bringt.

5. SEPTEMBER 1810, LONDON

Wir sind gestern in London angekommen. Doddlington und ich hatten vereinbart, uns heute um 10 Uhr bei *White's* zu treffen. Gemeinsam betraten wir den Club.

Es hatte sich herumgesprochen, dass noch kein Gewinner unserer Wette feststand, also gab es niemanden, dem man gratulieren konnte. Die Clubmitglieder hielten sich daher zurück und taten so, als würden sie sich nicht für uns interessieren.

»Hier sind wir wieder«, sagte Doddlington gedankenverloren.

»Dann lassen Sie uns herausfinden, worauf wir gewettet haben. Sind wir uns einig, dass egal, was im Buch steht, für uns verbindlich sein soll?«

»Auf jeden Fall.«

»Auch wenn es sich von dem unterscheidet, woran Sie oder ich uns erinnern oder glauben, uns zu erinnern?«

»Absolut«, bekräftigte Dottlington, »als Wette gilt, was in das Buch geschrieben wurde. Nichts anderes.«

Das Buch des Clubs war schon für uns bereitgelegt worden. Doddlington schlug es auf, blätterte die Seiten um, und dann blickten wir zusammen auf ein Gekritzel, das kaum zu entziffern war.

»Das kann ich nicht lesen«, sagte Doddlington.

Ich deutete mit dem Finger. »Also, das ist das Datum —«

»Natürlich ist das das Datum«, unterbrach er mich ärgerlich, »aber was ist ein ‚Coddollipter‘?«

»Ich glaube, das bedeutet ‚Lord Doddlington‘.«

»Richtig. Natürlich.« Er räusperte sich. »‚Lord Doddlington, Lord Mayford, gewettet, wer zuerst die Pyramiden erreiche.‘ Und sonst steht da nichts!«

Wir sahen uns an. Doddlington runzelte die Stirn und sagte zögernd:

»Das scheint mir nicht das zu sein, was wir gewettet haben.«

»Nein, das ist etwas ganz anderes als was wir gesagt haben.«

»Sollen wir es trotzdem akzeptieren?«

»Wir waren uns einig, dass, was auch immer im Buch steht, gelten soll. Haben Sie einen anderen Vorschlag?«

»Nein, das habe ich nicht. Und auch wenn es nicht das ist, was wir damals gemeint haben, ist zumindest die Bedeutung klar und eindeutig.«

»Das ist sie in der Tat«, sagte ich. »Und wir waren beide bei den Pyramiden.«

»Aber wer von uns hat sie zuerst erreicht?«

Ich versuchte, mich zu erinnern. »Wir sind für einen Tag dorthin geritten, von Kairo aus.«

»Richtig. Wir sind alle gemeinsam geritten. Die Gruppe teilte sich erst, nachdem wir angekommen waren.«

»Meinen Sie, wir haben *gleichzeitig* erreicht, was laut dem Eintrag gefordert ist?«

»Offenbar.«

»Wollen wir uns auf unentschieden einigen?«, schlug ich vor.

Er nickte. »Unentschieden.«

Wir schüttelten uns die Hände.

»Trinken wir etwas«, schlug ich vor.

Wir setzten und an einen Tisch und bestellten.

»Seltsame Sache, das alles«, sagte er verträumt. »Es tut mir leid für Mrs. Starke. So viele Anstrengungen ohne Ergebnis. Ich habe wenigstens noch das Schwert. Wunderbares Stück. Ich wollte es ihr schenken, aber sie hat abgelehnt. Natürlich ist sie sehr enttäuscht. Aber sie hat ihre Expeditionen nicht aufgegeben. In der Tat hat sie erwähnt, dass ihre nächste →«

»Hören Sie auf, Doddlington!«, rief ich. »Ich will nichts davon hören!« – – –

Lord Mayford
and the
Expedition to Egypt

A draft of the novella in the English language

NOTE TO THE ENGLISH READER

Lord Mayford's diary about his journey to Egypt was originally published in English as a rapid succession of blog posts. The German text in the first part of this booklet is a revised an extended version of the English material.

For the benefit of the English reader, the additions made to the German text were translated into English and inserted into the original draft. The English text – reproduced in this part of the booklet – now includes all scenes and plot elements of the final German version.

The reader's indulgence is requested for any linguistic shortcomings that the text will inevitably still contain.

22ND MAY 1810, LONDON

London is insufferable! I should never have come here. I could have stayed at home, could have been riding and enjoying the calm and quiet of the country. Instead, here I am, running into that intrusive Starke woman all the time. Mrs *Anna M. Starke.* What does *M.* stand for anyway?

I was at a ball last night, looking for some chaps to join me for a game of cards. I understand the young folk are busy dancing and jollying the ladies along. But what was the rest doing? Standing in the lobby, listening to some kind of speech.

You know England is going downhill when there's nobody there to join you for a decent card game. Carelessly, I went closer to that group to find out who was making a fuss about what and saw that Starke woman. She was announcing her latest plans for an expedition to Egypt. *Egypt!* Quite Napoleonic! She went on endlessly about pyramids, Pharaohs and sarcophagi. What rubbish. Heat, I say, and sand. Lots of it.

I went back into the ballroom and managed to get a drink. A decent drink – not that lemonade they carry around on the trays. Suddenly, I heard someone call out "Charles!" and saw her coming towards me.

Why is it that she always calls me by my first name? The first time was some years ago, at another ball. It was the same then. She approached me, called me Charles and asked how I was. I had never seen that woman in my life before! Since then, whenever it is my misfortune to end up at the same social function as A.M.S., she comes over and talks unceasingly about her geographical endeavours. Last time, it was the Amazon or the Andes – in any case some godforsaken place that was not even on the maps until some centuries ago. But Mrs Starke acts as if she were His Royal Highness The Prince Regent's Officially Appointed Explorer.

So, it was yet another destination yesterday.

"I wonder if you might be interested in my intentions of travelling to Egypt," she announced.

"I am very interested in your intentions, Ma'am. The more I know about them, the easier it is for me not to become involved."

She was undeterred.

"The focus of this journey will be quite archaeological. You might share in some astounding discoveries."

"If those discoveries require any digging in the earth, you might consider taking along my gardener instead of me."

Well, in hindsight, I almost think I could have phrased that differently, but that woman is so intrusive.

"Do you dislike travelling in general or only my travel plans?" she asked.

"I dislike travelling if it is unnecessary."

"How can you say research of ancient cultures is unnecessary? Even if we will not be able to discover an unknown temple of the Middle Kingdom – though I am quite optimistic that we will – don't you think an encounter with an alien civilisation in Egypt would constitute a personal gain for you?"

"I think I am sufficiently *alienated* by my encounters here in London."

"Very well," she said stiffly, but added: "Let me know if you change your mind."

And she never gives up.

23RD MAY 1810, LONDON

A quiet evening with cards had been my plan. Roxwell, Wilmcote and Highley had come over – for a quick dinner and a much longer game.

Roxwell had not finished dealing yet, when Wilmcote began:

"Have you heard about the archaeological exploration that Mrs Starke is planning? I find her approach most interesting."

"Most interesting," I said and looked intensely at my cards.

"Indeed," Highley chimed in. "She has published one of her famous Appeals again. Very well written and extremely well researched."

He pulled a sheet of paper out of his pocket and placed it in the middle of the table for us to see.

"Aren't they always?" I murmured and played a card, that hardly covered the bulletin-sized Appeal.

"She is still looking for fellow travellers and financial support," Highley informed us while he shoved my card aside and pointed to a section on the Appeal.

"Wouldn't you be suited for that, Mayford?" cried Wilmcote.

I had not expected that.

"Me?" I asked surprised.

"The expedition. You would certainly be a most valuable addition. You know your way around foreign countries and a tight corner. You are excellent at riding and shooting. A seasoned soldier and officer. Isn't Egypt quite similar to India?"

"As similar as China to England," I said.

"Are you tempted to go, then?"

It went on endlessly. Wilmcote and Highley seemed determined to recruit another victim for the expedition of that Travel Maniac. Thankfully, Roxwell kept out of it. Roxwell never speaks much when playing cards. I shouldn't either.

When they had finally left, I ordered the footman to tell any visitor who might so much as have heard of A.M.S. that I had left for Scotland.

2ND JUNE 1810, LONDON

White's is insufferable. I should never have become a member.

White's used to be a place where you could enjoy a decent drink and perhaps try one of those new-fashioned cigars. Women are not admitted, so the atmosphere is peaceful, and conversation is limited to innocuous subjects, such as politics or the military situation in Europe. No self-appointed explorers to be expected.

The evening started off badly because I ran into Lord Doddlington when I arrived.

"Mayford."

"Doddlington," I nodded.

"I heard you went to Scotland."

"Yes. Family matters."

Doddlington is as stupid as he is rich, and he is very rich. His wife takes advantage of that by sending him to the clubs and spending his money about town. He is of average build, sturdy, but his movements are awkward. When walking, he constantly seems to stumble over something. I'd like to see Wellesley trying to introduce military step in a battalion of Doddlingtons!

"Let's have a seat," he said. "I'd like to discuss something with you."

After we had ordered drinks, I enquired:

"What is it?"

"Wilmcote told me that you intent to join Mrs Starke's next expedition to the Valley of the Kings or wherever they are heading."

"Did he indeed?"

I considered what I was going to do next time I would meet Wilmcote.

"You are smiling. Does that mean you have already committed yourself?"

"I am committed to staying damn well out of it."

Doddlington looked surprised.

"I thought you were in favour of Mrs Starke's plans. Someone mentioned you asked her about all the details."

"There has been a misunderstanding. But, surely, after so much positive response, her travelling party must be complete by now."

"Well, she has a list with names of more than sixty supporters."

"Sixty! Is this going to be an invasion rather than an expedition?"

"They are supporters, not travellers. They agreed to make a financial contribution, as I have done too, of course. But the list of those who actually want to go to Egypt is much shorter."

"*You* could go," I suggested. There is nothing like a counter-charge at the right moment.

"Yes, I could. My wife has suggested it, but I don't think I could spare the time. No, I agree with Wilmcote: You would be the right man."

"Thank you, but I'd rather not."

"It might be a nice change."

"Look, Doddlington, you don't know what you are talking about. A journey to Egypt is another matter than going from London to your Yorkshire estate."

"You have no right to be condescending, sir. I may not have your experience – India, the army, and all that, but I do have good –"

He thought for a moment.

"Reflexes!" he added triumphantly.

"Reflexes? I have never heard such humbug. This is not about taming a fidgeting horse. When going on such a journey, one needs determined men who are ready to take action and do not ponder before every step how the public might think about it."

"I don't mind what the public thinks!"

"If that were true, I would offer you a wager about who gets to the Valley of the Kings first – you and that Starke expedition, or I with my own party."

I slammed my glass on the table and pointed to a little figurine on a side table that stood some 15 feet away in front of a large mirror. "But you are too timid and too clumsy to hit that figurine with this glass."

I got up and turned to leave. I had lost every desire to spend the evening in the club.

A moment later, I heard a loud clash and shattering glass. When I turned back, the figurine was gone, and the mirror lay on the floor in pieces. Doddlington was standing there, pale, looking at the mess and flailing his arms.

The whole club was in uproar immediately. Everyone gathered around us, and Doddlington explained over and over what had happed. Eventually, it was an established fact that Doddlington and I had made a wager on arriving first in the Valley of the Kings in Egypt – he committing himself to joining the A.M.S.'s expedition, I undertaking to travel independently.

I spotted Wilmcote in the crowd. When he noticed my gaze, he tried to steal away.

"Wilmcote," I cried. "This is all your doing! You will travel with me."

"I? No! I cannot ..." His voice trailed away.

Some people murmured reproachfully.

"Come on, Wilmcote!" one said.

"You can't let him go all by himself!" another added.

"Hear, hear!" some shouted.

"Highley should come along as well!" cried Wilmcote.

"Highley? Why?" I asked.

"He brought the Appeal by Mrs Starke the other night!"

That was ridiculous.

"Don't be absurd, Wilmcote. Highley is over sixty and in no shape to travel."

"Roxwell then! He was there, too."

"Roxwell is one of the few sane people who are not permanently going on about that Starke woman," I said.

"I am only coming if Roxwell is coming," insisted Wilmcote.

I found Roxwell among the crowd. "What do you say, Roxwell?"

He shrugged. "Why not? If that matter is settled now —
who cares for a game of cards?"

Good old Roxwell!

Well — I have found my travelling companions. Let's see
if A.M.S. can match that!

4TH JUNE 1810, LONDON

Yesterday, I went out of town. I wasn't in the mood for any
more chatter about explorations, excavations, or Egypt in
general.

I had a late breakfast this morning. My man Bolton was
serving. When there are no large parties in the house, I
leave most of the staff at my country estate.

I was taking a sip of tea when I heard loud voices in the
hall. I am not available to visitors until I have had breakfast, and my footman has been instructed accordingly.
This racket at such a time was unprecedented.

Then I recognized Wilmcote's voice. He was ordering
my footman about. This was also a first. But Wilmcote
was probably panicking by now and had come to withdraw from the Egypt plan. Well, I cannot back out, and I
won't let him either.

The door burst open and Wilmcote stormed into the
room.

"What are you doing?" he shouted.

"Having breakfast."

"There is not a minute to lose."

"I think these eggs will stay warm just a little longer."

"I am talking about the expedition. The others are
leaving London in three days!"

"Three days? How did they manage to get the rest of the funding so quickly?"

"Doddlington."

Of course. He would contribute the balance. It is no issue for him.

"But will the group be willing to leave at such short notice?"

"Lord Doddlington told them to be ready by then – or go to hell."

There is a man on a mission.

"And what's she saying?"

"Mrs Starke phrased it more politely, but the message was the same."

Bolton had closed the door and started laying the table for Wilmcote.

"Sit down and eat something," I said. "And then we will get to work. Bolton, we will need you later for making travel arrangements."

"My lord?"

"Egypt. Departure this week. You are coming with us."

"Very good, my lord."

10TH JUNE 1810, PLYMOUTH

We arrived in Plymouth in the early afternoon, found an inn and left Bolton with the luggage there. Roxwell, Wilmcote and I went to the harbour and spent several hours looking for a passage that would bring us to Egypt. Our search was in vain. The only possibility to go forward seemed to be a ship destined for Malta, via Lisbon, so we went there. We found a seasoned sailor, who stood on the pier and shouted commands at a dozen seamen. He turned out to be the first mate. He informed us that the ship was not completely full, but that a nobleman had reserved any available space for himself and his party.

"And would you happen to know the name of that gentleman, my good man?" I asked the sailor.

"It is Lord Doddlington and a party of explorers, sir."

While Wilmcote was swearing under his breath, we thanked the mate, who started yelling at his men again.

"There is nothing else we can do today," I said. "Let's go back to the inn."

"Why don't you go ahead?" Roxwell suggested. "I think I may know the captain and would at least like to greet him."

We had no objections, and he went on board. Wilmcote and I returned to the town centre. Wilmcote lamented slow horses, small ships, and a general lack of gentlemanly behaviour among the English nobility.

Roxwell arrived at the inn some time later.

"It's all settled," he said. "The captain has put us on the passenger list."

Wilmcote and I congratulated him excitedly and asked how he had achieved that, but he only shook his head and smiled. When Roxwell was an army officer, he always managed to arrange the most impossible things. Even after months or campaigning, his men used to be as well supplied as the staff at headquarters.

11TH JUNE 1810, AT SEA

When we arrived at the pier today, we saw the other party watching their luggage being loaded onto the ship. We noticed Doddlington, A.M.S., and about a dozen other persons. Doddlington was furious when he learned that we were to be on the same passage. But there was nothing he could do, as the captain had left clear orders. Doddlington finally calmed down, and the second mate, a young chap in his twenties, had all passengers gather on deck.

"Welcome on board, ladies and gentlemen," he said. "The Captain and the first mate apologize for not being here, but they were obliged to see the harbour master and decided to take care of the matter immediately so that our setting sail will not be delayed. I would now like to assign the cabins."

He pulled out a sheet of paper and continued. "Lord Doddlington, normally the Captain would be glad to offer you his cabin, but, under the circumstances, we were wondering whether you would agree to the Captain's cabin being offered to Lord Mayford and his wife."

"What?" Doddlington shouted angrily.

"His wife?" I shouted even louder.

"I am sorry," stammered the poor chap. "I meant to say – Lady Mayford." He turned to A. M. S., who looked puzzled. "I apologize, ma'am … my lady. I didn't mean to …"

I looked around, but Roxwell was nowhere to be seen.

It took a while till everybody had calmed down, so the cabins could be reassigned. Eventually, A. M. S. got the captain's cabin for herself and her maid, Doddlington was given a cabin of his own, and Wilmcote and I were shown to a small space where we found Roxwell, who had made himself comfortable already.

"Wife?" I asked him with a look of reproach.

"You know," he said. "People tend to misunderstand."

Bad weather and choppy seas had kept the passengers below deck, but on the third morning after our departure from Plymouth, the sky was clear again and a fresh breeze was blowing.

The passengers came on deck, and introductions were made. The expedition and the wager were the main topics of conversation, of course.

Apart from A. M. S. and Doddlington, ten other persons were travelling with the Starke party: Doddlington had brought a groom and his valet, she her maid. There were two gentlemen from the British Museum; a Scotsman, who had been in the army at some time; a professor emeritus from Oxford, whose specialty was Egyptology; and three other English gentlemen, who were apparently fascinated by Egypt or A. M. S. or both.

I stood leeward on the stern. One of the two gentlemen from the British Museum was examining the horizon with a telescope. There was absolutely nothing to see except water and sky, in my opinion, but every few minutes he put aside the telescope and took assiduous notes in a little notebook.

Doddlington strolled over to the stern. When he saw me, he nodded curtly and turned away again, but Wilmcote had come over to speak to him.

"Lord Doddlington. Good morning!"

"Morning."

"Isn't it curious that we are making good progress, but things are kept in perfect balance as for our wager? Until Malta, at least."

"Indeed," responded Doddlington. "But you will have ample opportunity to fall behind later."

"You think so? It may be the other way round."

"Hardly so. We are well prepared for the journey to the Valley of the Kings."

"Don't you think we have made preparations as well? Never underestimate your opponent!"

"I would never underestimate a serious opponent."

Bored by their bickering, I was about to leave the stern. But the gentleman had put away his notebook and approached Doddlington and Wilmcote.

"Forgive my intrusion, dear sirs, but I couldn't help but overhear your conversation. I was not aware of the fact that we have two parties on board which are travelling to different destinations."

"You are mistaken, sir," said Wilmcote. "We have two parties with the same destination."

"But did I not hear you mention the Valley of the Kings?"

"Of course!" Doddlington called out. "That is the destination of this expedition. You should know that."

"I beg your pardon, Lord Doddlington, but the expedition is going to Faiyum."

"Where?"

"To Faiyum," repeated the gentleman. "The Valley of the Kings is much farther south."

Doddlington and Wilmcote were confused, and so was I. In an attempt to clarify the matter, I entered the conversation, but the gentleman was insistent. Eventually, A.M.S. was sent for. She came and confirmed that the expedition was meant to go to the Faiyum region, not the Valley of the Kings.

Everyone fell silent and looked around awkwardly.

"It is of no matter," Doddlington said finally. "Mrs Starke, we will just have to make a little detour to the Valley of the Kings."

"Lord Doddlington, you cannot be in earnest."

"Of course, I am. We will go to the Valley of the Kings, and afterwards we will bring you to that other place, safe and sound."

"This is ridiculous, Lord Doddlington. We are going to Faiyum and nowhere else."

"Mrs Starke! Must I remind you that I have funded the major portion of the costs of this expedition? I insist that you amend your travel plans, so that the Valley of the Kings be reached at the earliest possible point in time."

"I am grateful for your support, Lord Doddlington. But the destination of this expedition cannot be a matter of discussion. If you have indeed engaged in this journey on the basis of a misconception, you may feel free to withdraw now. I would be sorry if you did, but I will continue the journey with the means available to me."

She was angry now. I had not seen her angry before.

"Under no circumstances," she continued, "will I agree to crisscross through Egypt in order to accommodate the whims of two bored gentlemen who have not the least interest in archaeological studies. The Valley of the Kings is hundreds of miles off our route. Nobody in his right mind would go there just so he can boast about it in London. You seem to have forgotten that this is an expedition to Egypt, not a walk in Hyde Park!"

An uncomfortable silence followed this outburst.

"He forced the wager on me!" Doddlington shouted eventually, pointing at me.

"He smashed the figurine!" I shot back.

A.M.S. looked at the two of us for a long moment and then said icily: "I am not familiar with the rituals being performed in a gentlemen's club, and I would prefer to keep it that way."

She turned and walked away.

After a while, Doddlington looked at me and said, "I still consider myself bound to our wager."

"I expected no less," I answered, "and will also honour our agreement, of course."

"However, I am, as I must admit, uncertain as for my further actions."

"I understand what you mean, Doddlington. There is some vagueness to the situation."

"Precisely."

"Let's reconsider our conversation at the club. If I remember correctly, I dared you to travel to Egypt."

"In the most offensive and condescending manner!" he exclaimed.

"Rubbish! You would not let the topic drop and kept prattling about this expedition."

"All right, all right. What were you going to say?"

"If I remember correctly, we agreed that you would join the expedition and that the race should go to the Valley of the Kings."

"But that is not where the expedition is going."

"No," I confirmed.

"Then the matter is clear, Mayford. You shall go to that valley; I will stay with the expedition until they have reached that other place and then outrun you to the valley."

"Not acceptable. There is no way you can go to Faiyum and still beat me to the Valley of the Kings. That would place you at a disadvantage. No. I have said what I have said. You are going to Faiyum, I to the valley. Whoever reaches his destination first, is the winner."

"No, sir," he exclaimed. "The valley is much farther south. It is inconceivable that anyone could reach it sooner than a much closer place. The whole club would laugh at me if I agreed to that."

"Well ...," I said vaguely.

"You could go to that fay place."

"Faiyum?"

"Yes!"

"Why would I go to Faiyum?"

"The expedition is going there. We could agree that this is the destination of our race."

"Excellent idea, Doddlington! And when we come back to London, we tell everyone that, halfway to Egypt, we felt the Valley of the Kings was too far after all, and we decided to go to a more convenient place instead. Do you think it matters much if you return home as the winner or the loser of such an arrangement?"

"Well ...," he said vaguely.

We fell silent again.

"Tell me, Doddlington, what is the most distant place you noted down in your travel plans?"

"None."

"None?"

"I never got involved in the planning. She took care of all that. I thought she would work out a route that would take us straight to the Pyramids."

"Giza?"

"I thought her name was Anna," he said in surprise.

"I meant you thought you were going to the Pyramids at Giza, not to the Valley of the Kings?"

"Isn't that the same?"

"No."

"But the Pyramids were built by kings, were they not?"

"I think so."

"Then why are the Pyramids of the Kings not in the Valley of the Kings?"

"How would I know? Would you like to consult your esteemed expedition leader?"

"No!" he shouted. "Never mind. That valley is probably some kind of summer residence."

"Possibly. What do we do now?"

"We should have written down the wager to avoid such confusion."

"It *has* been written down. It's in the Book," I said.

"The Book of the Club! You are right. But the Book is in London."

"So what?"

"We need to go to London, check the Book, and start all over."

I looked at him questioningly. "Are you sure?" I asked.

"Yes. What else can we do?"

"You are saying we will leave the ship in Lisbon and return home?"

"*You* can return. I gave Mrs Starke my word that I would join her expedition and I will stay with them until they have reached their destination."

"Which is Faiyum, not the Valley of the Kings."

"I know that now!" he shouted.

"I understand. In that case, I will come with you to Faiyum."

"Why? You haven't committed yourself to the expedition."

"Do you think I would return to London while everyone else continues to Egypt? The whole club would still be laughing at me when you get back. No, sir. If you are going, I am going as well."

"Very well," he said testily.

"Very well," I said.

11TH JULY 1810, ALEXANDRIA[2]

After a residence of a few days at Malta, we found a merchant vessel that was bound for Alexandria, and so we set off for our last sea stage.

The current which sets in from the Adriatic and the Archipelago is so strong between Candia and the coast of Egypt that it will carry a vessel, sailing with a moderate breeze, twenty miles south of her course within twenty-

---

[2] Some of the travel and country descriptions in the following sections are taken from the book *Narrative of a Journey in Egypt and the Country Beyond the Cataracts* by Thomas Legh (partially edited). Because of the very different and much more objective style of Mr Legh, the respective passages were not marked. Nevertheless, the interested reader will be able to identify them with ease.

four hours. The current adds to the difficulty of entering the harbour. We were obliged to take a pilot on board, who steered us through the numerous sand-banks which obstruct the Western port of Alexandria.

When we stepped on shore, the novelty of every object which met our view convinced us that we had quitted Europe.

"How strange!" Doddlington exclaimed incredulously. "Horses and oxen seem to have been replaced by donkeys and camels in this country!"

A.M.S. took the chance to lecture us about Egypt being the native soil of the donkey, where the breed, though small, is extremely docile, trotting at the rate of four or five miles an hour, and for these qualities it is preferred throughout the country as the ordinary means of travelling.

When A.M.S. and Mr Halesworth from the British Museum had found a local guide a day after our arrival, the next task was to obtain suitable means of transport. The usual approach is to buy or rent a number of donkeys.

Doddlington would have none of that.

"I'll be damned if I travel through Egypt on one of these brutes!" he shouted. "They can carry the luggage. I'd rather walk than ride one of them."

A.M.S., our local guide and Mr Halesworth tried to reason with him, but to no avail.

Eventually, I intervened. "Don't raise a breeze, Doddlington. There is no need to shine everyone else down in the middle of the dessert."

"I am surprised at you, sir!" he exclaimed. "How can a former cavalry officer even consider riding on such a beast?"

"As long as I am riding, it does not matter to me."

Poor Doddlington, he had no allies in this. In a meek voice, he made a final attempt:

"Lord Roxwell, is it also your intention to rely on a donkey as your means of transport?"

"Certainly not."

"No?" Doddlington asked in astonishment.

Equally surprised, I turned to Roxwell:

"What do you mean?"

"I am going to buy a horse."

"Well said, sir!" Doddlington boomed. "I trust you have already considered how to go about it?"

In the end, five of us decided to buy a horse: Doddlington; Roxwell; Meldrum, the Scotsman; Hawkridge, a young chap – and I.

A.M.S. pretended not to have noticed anything.

19TH JULY 1810, CAIRO

We quitted Alexandria on the 14th and took the road that led to Rosetta. After travelling over a tract of country that was extremely dreary and uninteresting in its appearance, we finally arrived in Cairo.

Cairo's houses are built of brick, and are remarkable for their extreme height. The streets, however, are mean and dirty, and so narrow as scarcely to allow two loaded camels to pass.

It is certainly not my favourite city, but many of our party were attracted by the bazaars. A.M.S. started lecturing again:

"Cairo is a place of considerable commerce. It is the metropolis of the trade of Eastern Africa." She went on about caravans that bring gold dust, ivory, rhinoceros' horns and whatnot to the city.

This time, Doddlington was intrigued. "We should make some purchases!" he suggested excitedly.

His wife had probably given him a list of things to buy for her.

Some nodded, and Doddlington continued. "I want one of these funny oriental swords with a curved blade. You know, it's curved, but at the point it's curved the other way."

"You are probably referring to ataghans, which are of Turkish origin," Mr Halesworth said. "You may expect to find some pieces of good quality here in Cairo."

Doddlington was excited. "Excellent. Mr Halesworth, would you be willing to accompany and advise me as to which of these atta-things best to acquire?"

"Ataghan," Halesworth said. "It would be my pleasure."

They should have A.M.S. join them, too. Then she could teach Doddlington everything he never wanted to know about merchandise in Cairo.

It was agreed that the following day be bazaar day.

20TH JULY 1810, CAIRO

Everyone seemed to have drawn up a shopping list over night. After breakfast, the members of our party left the inn, individually or in groups of two or three, to go to the bazaar.

I checked on the horses and then went to the bazaar on my own. It was, admittedly, a most brilliant and interesting spectacle. For an hour, I drifted through an endless ocean of booths and people. Each trade had its allotted quarter.

Groceries, Turkish and Arab dresses, every species of eastern luxury and magnificence, even a wide selection of costly swords. Surely, Doddlington would be able to –

"This is a very fine piece!" a familiar voice said. "What do you say, Mr Halesworth? Ah, Mayford, what do you think of this?"

There was Doddlington, pointing a dagger at me. Slowly, I pushed the blade away from my face.

"Found anything yet?" I asked him.

"Many fine pieces. But I'd like something more decorative. Perhaps bejewelled."

I bet that's what his wife always says.

He turned to the merchant. "Don't you have anything with gems on it? It's no matter if it's pricey."

There is a natural negotiator.

"Very fine swords," the merchant said and pointed at the display in front of Doddlington.

"Yes, yes. But I am looking for something special. Something unusual."

The merchant hesitated for a moment and looked suspiciously at the melee around us. Then he made a gesture towards his aide and said something in Arabic, which probably meant that the aide was to keep an eye on things, and whispered to us: "Follow me."

He went to the back of his booth, drew away a curtain and let us step through the opening. A few feet behind the booth was the front of a house. The merchant took a key from his caftan and unlocked a heavy wooden door. We entered and found ourselves in a dimly lit room full of cabinets and boxes. With another key, the merchant opened a chest and took out something wrapped into a silk cloth, that he carefully laid on a small table. He removed the cloth slowly, and we saw a sword that was about two feet in length. The merchant picked it up and put it into Doddlington's hands.

"Very old, very valuable," he said and looked at us expectantly.

Doddlington drew the sword from its sheath. Both pieces were wonderfully crafted. The blade showed the lines typical for Damascus steel. Sheath and handle, probably made of silver, were delicately chiselled in an elaborate pattern, and gemstones of different colours were embedded in the metal.

"This is extraordinary," said Doddlington, greatly impressed. "I'll take it outside to have a closer look."

"No!" shouted the merchant.

A tense conversation in Arabic ensued between the merchant and Mr Halesworth. Then Halesworth turned to us.

"He won't let us take it outside. He says it is a very old piece, one of a kind. Therefore, it is not safe outside, and he doesn't want his competitors to see it."

"I understand that," Doddlington said while he stabbed several imaginary enemies. He gave me the sword. "What do you think?"

I weighed the sword in my hand.

"It's wonderfully balanced," I said. "The handle is indeed made of silver. And here," I pointed at the blade. "See these lines? I think the steel is also of outstanding quality."

Doddlington turned to the merchant. "How much?"

The merchant said something in a low voice that I could not understand. Halesworth seemed a bit pale, but

Doddlington only looked at him questioningly. Whatever the asking price was, it was within Doddlington's budget.

"It is a lot of money," Halesworth said. "Then again, it is an extraordinary piece. If it really were as old as he claims, it would be a fantastic bargain. Probably, though, it was made only recently. You should try to beat down the price somewhat."

"I'll take it," Doddlington told the merchant.

Doddlington will never be a thrifty man. But I cannot be cross with him for not haggling. For this piece, I might even have tried to outbid him.

21ST JULY 1810, CAIRO

This morning, leaving the luggage at the inn, we went to the Pyramids of Giza, intending to devote the day to the examination of these wonderful monuments.

A.M.S. began telling us about an endless list of pharaohs, the major part of which lived, if I remember correctly, before the pyramids were built. With the two gentlemen of the British Museum suffering from the heat and everybody else not much intrigued, her stream of information produced little response. Wilmcote, meaning well, tried to show some interest.

"So, when was Rehoboam a pharaoh, Mrs Starke?" he asked.

She was clearly offended and gave no answer.

"I didn't know that the kings of Judah where also the Pharaohs of Egypt," Doddlington whispered to me so A.M.S. would not hear.

"How come you know who Rehoboam was?" I whispered back in astonishment.

He gave me a confused look and fell silent. But when we had passed the town of Giza, he became impatient.

"Where are those pyramids, then?", he demanded.

"We will be there in about one hour," answered our guide.

"Another hour! Why are they called 'Pyramids of Giza' when they are not in Giza at all?"

"Despite this inconvenience, we should consider ourselves lucky that the pyramids are considerably closer than the Valley of the Kings," commented A. M. S. drily.

Wilmcote tried to steer the conversation back to save grounds.

"Well, Mr Hawkridge, which of the pyramids are you going to ascend?" he asked.

"Why, all of them, since we are here already!"

"The Great Pyramid is the only one that is practicable to ascend," A. M. S. informed them.

I think she was still cross because she had found nobody willing to listen to her lecture about the pharaohs.

Eventually, the Pyramids of Giza appeared, though we were immediately distracted from the imposing sight by a group of Arab merchants. It took all our guide's exertions and authority to keep them at bay.

And, at last, we were ready to explore the ancient monuments.

The interior of the Great Pyramid is fascinating, and no description can match the experience of seeing it for yourself. Ascending to the top is as exhausting as climbing a mountain, but the effort is rewarded by a view of the boundless expanse of desert.

It is this desert that we will have to traverse to reach our final destination. We shall leave Cairo tomorrow, and everyone is eager to complete the last stage of our journey.

24TH JULY 1810, THE DESERT

Reading my last entry above, it seems particularly odd that we are now farther from Faiyum than three days ago.

We made good progress on the 22nd and set up camp in the late afternoon. On the 23rd, we started very early, so we could benefit from the cooler morning hours. We had an extensive rest around noon and set up camp again in the evening.

The sun had sunk when I took a walk around the perimeter of our camp. I ascended a small sand dune, and suddenly I saw a figure in a black robe. Immediately, I reached for my pistol.

"Hello, Charles," said a female voice.

Then I recognized her.

"You shouldn't sneak around like this," I said. "One might mistake you for an intruder."

"Or a djinn, perhaps."

"That wouldn't be altogether unfounded."

"I have heard that you make fun of me behind my back."

"When would I have done that?"

"You referred to me as 'Giza', did you not?"

"That was —" But how should I explain that Doddlington never understands anything? Instead, I said, "I thought it fitting."

"Does it indicate your approval or your disapproval of this journey?"

"At least it indicates that you are where you want to be."

"You are also here, though."

"Which is exactly what makes you and Doddlington such a scary pair."

"Then you know who to stay away from in the future."

"Indeed. I have thought about relocating to the far reaches of the planet. But I would be afraid that you will show up sooner or later and start digging for ancient treasures under my straw hut."

"It's possible," she said. "However, I assure you that this sand dune is safe from me tonight. Enjoy the quiet of the desert."

She walked back to the camp.

As I was not on watch that night, I expected to be able to sleep undisturbed till morning. But I was woken by loud calls.

"Up everybody! Get up! Have your weapons ready! Check your luggage, everyone, and look out!"

I grabbed my pistols and left the tent. Some people tried to find out what was going on. Others fumbled with the luggage. Then Doddlington came running and shouted "Thieves! Damn thieves! They took my sword. I shall bring them to justice!"

Roxwell appeared.

"What is going on?" I asked him.

"Something startled the horses. I checked and saw two men running away from the camp."

"Damn them!" exclaimed Doddlington. "But good thing we bought those horses, right?"

I ignored him. "Did you recognize them, Roxwell?"

"No, but they ran in a westerly direction. I did not see any bundles. Thus, they cannot have stolen much."

"Are you out of your mind?" Doddlington exploded. "They took my sword! It was the first thing I checked. I will take revenge!"

"Keep calm," I said. "There is nothing but desert around us. They must have left their mounts behind somewhere. If we are quick, we may be able to catch them before they get away."

"You are right!" Doddlington agreed.

"Well?" I asked.

"What?"

"Let's go!" I yelled at him.

"Yes, let's go!" he shouted.

We ran to the horses and saddled them.

"Good thing we bought those horses, right?" Doddlington cried again. "Whoa! Good boy. Where is my groom, damn it?"

Hawkridge, Roxwell, and I were ready first. Roxwell showed us the footprints of the intruders, and we followed them as fast as we could. It was almost dawn, which helped our pursuit.

The traces led westward in an almost straight line. We came to a huge sand dune, which was several hundred feet wide and about half as high. Hawkridge turned left to get around it. Roxwell and I kept to the right.

Behind the sand dune was an enormous swale, about as extensive as the sand dune itself. We saw three Bedouins on horses. Two of them had negotiated the swale and were galloping away to the southwest. We would never catch them.

The third rider was still in the swale, but not far from its rim. By the time we would have circled the swale, he would have escaped as well.

Then we saw Hawkridge at the southern side of the swale. He was going after the third rider as fast as his horse could run. The other rider had reached even ground and was gaining speed.

The two of them were about 30 yards apart, but it was obvious that Hawkridge had the inferior horse. Not long, and the other rider would be out of reach.

Hawkridge drew a pistol and rose in his stirrups. He stretched his arm and took aim.

"Don't shoot him!" shouted Roxwell next to me.

But Hawkridge seemed unperturbed. A moment later we heard the shot. The Bedouin's mount stumbled, and he fell off. He remained laying on the ground, while the horse kept running.

When we reached Hawkridge, he had dismounted and was fumbling with his pistol.

"I did not aim at him!" he said.

Roxwell went to the Bedouin and examined him.

"He's dead," he announced. "No gunshot wound. Probably broke his neck when he fell."

Hawkridge cursed.

Roxwell and I went after the Bedouin's horse. We found it after a while between the sand dunes. Doddlington's sword was strapped to the saddle. The house shied when we tried to grab the holster, but finally I could get hold of it. Then we saw it was bleeding from its neck.

"That must have been Hawkridge's bullet", I remarked unnecessarily.

"Let's go back," Roxwell said curtly.

Meanwhile, Doddlington and Meldrum had arrived. They were waiting with Hawkridge by the dead Bedouin. Doddlington took his sword, while Roxwell and I tended to the horse.

"What about him?" asked Meldrum pointing at the dead man. "Should we not bury him?"

"We'll leave him here, and the horse," I answered. "His people will come back soon looking for him. And we don't know how soon and how many people."

We went back to the camp, where the others wanted to hear about the chase. They were shocked when they learned that someone had been killed.

"What surprises me is that the thieves took only the sword and stole nothing else," I contemplated. "It seems as if they had known that the sword was here. Doddlington, you haven't told anyone about the sword, have you?"

"Well, no," he said reluctantly.

"Doddlington?" I prompted sternly.

"Well, when we were at the Pyramids, I happened to speak to one of the people there. You know how hard they tried to sell us things. This person, though, was very cultivated and spoke good English. Somehow the topic of daggers and swords came up."

"And you showed him the sword?"

"No, of course not! I had it not with my, anyway. I merely asked him if he knew where I could buy a sword similar to mine – without telling him that I already had one."

"Why did you want another sword, for heaven's sake?"

"I didn't. And I don't. I was just interested to find out if that sword was in fact as unique as that merchant in Cairo had claimed."

"And you gave him a detailed description of the sword?"

"Yes," he mumbled. "But he said he did not know where one could buy such a sword."

"But he understood you already had one?"

Doddlington cleared his throat.

"I cannot entirely exclude the possibility that this man was able to deduce, from what I told him, that one of our party – possibly myself – had at some point during our journey – possibly in Cairo – bought a chiselled sword with differently coloured gemstones."

"See? You put him up to this!" I exclaimed. "The man wants the sword, and he hired three Bedouins to steel it for him."

In a quiet but clear voice someone said:

"I may be mistaken, of course."

It was the professor. Everyone addressed him as 'Professor'. I don't even know his name. He must be in his sixties, a figure of slight built, but tough. He seemed just as much at ease here as he would have been in an Oxford lecture theatre.

A.M.S. encouraged him.

"Yes, Professor? What do you think about the matter?" she asked.

"It strikes me as odd to think that those Bedouins agreed to be hired for such a mean crime. Bedouins are a proud people. They live in the desert and value their independence. It is inconceivable that they would work for people from the cities – unless they suffer deprivation.

Under no circumstances they would steal for someone. Stealing is a most dishonourable act for a Bedouin."

Doddlington got worked up about this.

"Professor, forget your books for a moment, will you? They stole the sword! They came into our camp and took it. How can you claim that thieving isn't stealing?"

I thought Doddlington had a point, but there was something curious about the events.

"Gentlemen," I said. "I am concerned about the situation. We can only guess as to the motives of the three men. But it is a fact that someone followed us through the desert for two days, and all they were interested in was Doddlington's sword. I think we cannot let the matter rest, but must find out what is behind this."

A.M.S. eyed me suspiciously.

"What are you proposing?"

"We need to leave this place immediately and go north for at least two days."

"But Faiyum lies to the southwest", she said angrily.

"I know it does. And the people who have been following us since Cairo know we are going southwest. In order to shake them off, we need to do something unexpected, and that is neither going back nor continuing on our route."

"Fine. And then?"

I am sure that she will forever accuse me of sabotaging her expedition.

"In the meantime, our guide should go back to Cairo and try to find out what is going on. Mr Halesworth, I think you are the one of us who is most fluent in the Arabic language. Therefore, I hope you will agree to go with him. The prospects of your finding out anything are not great, admittedly, but we should at least try rather than journey on in ignorance. We will pick a town on the Nile where we will wait for you to join us again."

Halesworth nodded. "I am willing to go to Cairo."

Doddlington still had doubts. "Wait a second! How will we get to this town on the Nile?"

"As I said," I explained. "We will agree on one that is north of here, and then we will go there directly."

"Yes, but how will we be able to find it if our guide is sent on that reconnaissance mission?"

I pointed at A.M.S. "We still have Mrs Starke as the leader of this expedition."

She gave a start, looked at the sky and then pointed vaguely in a northwestern direction.

It was enough to convince Doddlington.

"Very well, then. Let's start packing." He turned around and shouted at his valet, "What are you waiting for?"

2ND AUGUST 1810, ALEXANDRIA

Everyone is downcast, most of all A.M.S., which comes as no surprise considering the events of the last days.

Mr Halesworth and our guide had gone back to Cairo and met us again a few days later, just as we had planned. They were indeed successful in finding out more about Doddlington's sword. Upon their return, our party, curious to hear what they had found out, gathered in the inn's refectory.

The sword is old, really old, i.e. several centuries. For generations, it belonged to a Bedouin clan (I need to ask Mr Halesworth for the name again). A few years ago, it was stolen. It is not clear by whom. Some blamed other Bedouins, which is unlikely according to Mr Halesworth. He believes the sword was stolen by Napoleonic soldiers, who then sold it to merchants in the Cairo area.

The Bedouin sheik spared no efforts to find the sword and get it back. When the merchants became aware of the sheik's activities, they tried to get rid of it for fear of his wrath. They concluded that the most rewarding solution would be to sell it to an unsuspecting foreigner.

Doddlington was furious. "This is outrageous! I will not have anyone blame me for purchasing stolen goods."

"This is not the issue," Mr Halesworth explained. "The sheik does not blame you for having bought the sword from that merchant in Cairo. He, rather, blames you for stealing it from his people the night they came into our camp."

Doddlington was incredulous. "What kind of moonling is this sheik? He sends those fellows to steal the sword and accuses me of stealing?"

"When they took the sword, they did not consider that stealing. In their view, they took back what is rightly theirs. But your pursuing them and seizing the sword again was stealing."

Doddlington was too flabbergasted to speak coherently. "They … not … but I …"

The professor chuckled. "It sounds a bit twisted, but it's completely logical from their point of view."

"Completely logical?" Doddlington bellowed, but then forced himself to take a deep breath and continued more calmly, "All right. Well. We will speak with them and put it right. I will give them the sword, as a gift. Let them have it. Then the matter will be settled and we can move on."

The professor chuckled again. "I am afraid there may be another problem."

"What now?" Doddlington asked irritably.

"The professor is right," said Mr Halesworth. "One of the Bedouins was killed when you sto–, when you took the sword. The sheik claims that this caused a thar between him and you, a kind of vendetta."

"Quite flattering," said Doddlington. "But he won't hold a grudge against me forever, will he?"

The professor made a step forward. "Bedouins are a people of the desert," he lectured. "No Bedouin can survive individually, but only in a community. That is why they value their family and their clan very highly. When an outsider harms or kills one of their clan, the others will not rest until the assault has been avenged."

"I did not kill anyone!" Doddlington said. "No offence, Hawkridge."

Hawkridge grimaced, but A.M.S., who had just been listening until now, spoke before he did.

"Just a moment! Mr Halesworth, are you saying that the Bedouins want to kill Lord Doddlington? And if they find out that it was actually Mr Hawkridge who shot the poor man, they are going to kill him as well?"

"Not quite," said Mr Halesworth.

"That's some relief, at least," she said.

Mr Halesworth cleared his throat. "The situation is even more severe. As several people were involved in the – in their view – robbery of the sword and the death of the Bedouin, the sheik has decided to extend the thar to our whole party. In other words," he paused for a moment, "he has declared war on every one of us."

Silence followed this announcement.

After a while, Doddlington said, "I have never before been declared war on."

"This is a complete disaster," A.M.S. called out. "How can we carry on with the expedition?"

This question was discussed at length. The professor and the gentlemen from the British Museum agreed that it was impossible to settle the conflict peacefully. Neither apologies nor money would be sufficient. The Bedouins knew we were headed for Faiyum and would be expecting us there. They were able to muster over a hundred well-armed horsemen. We were no match for them. If we stayed anywhere in Egypt, the sheik would find out sooner or later – and send his men.

We began our homeward journey the next morning.

We are at an inn near the Western port of Alexandria now. The atmosphere is strained. A.M.S. refuses to speak to Doddlington or Hawkridge. Our mounts and most of the equipment has been sold. Roxwell is at the port looking for a ship that will take us home.

5TH SEPTEMBER 1810, LONDON

We arrived in London yesterday. Doddlington and I had agreed to meet at *White's* at 10 o'clock today. Together, we entered the club.

Word had got around that it was still unclear who was the winner of our wager, so there was no one to be congratulated. The other members of the club restrained their curiosity and pretended to be disinterested in what we were doing.

"Here we are again," Doddlington said lost in thought.

"Then let's find out what the wager was about. Do we agree that whatever the Book says shall be binding for both of us?"

"Definitely."

"Even if differs from what you or I remember or think we remember?"

"Absolutely," Doddington confirmed. "The wager shall be what the Book says. Nothing else."

The Book of the Club had been laid out for us. Doddlington opened it, turned the pages, then we both looked at a scrawl that what hardly legible.

"I can't read this," Doddlington said.

I pointed with my finger. "Well, this is the date –"

"Of course, that is the date," he interrupted me irritably, "but what's a 'Coddollipter'?"

"I think that means 'Lord Doddlington'."

"Right. Of course." He coughed. "'Lord Doddlington, Lord Mayford, wager: reaching the Pyramids first.' And that's all there is."

We looked at each other. Doddlington frowned and said hesitantly "This does not appear to be what the wager was about."

"No, it is completely different from what we said."

"But should we accept it anyway?"

"We agreed that whatever the Book says shall apply. Do you have another suggestion?"

"No, I don't. And it may not be what we meant back then, but at least its meaning is clear and definite."

"It is indeed," I said. "And we have both been to the Pyramids."

"But who of us reached them first?"

I tried to remember. "We went there for a day, coming from Cairo."

"Yes, we were all riding together. The group split up only after we had arrived."

"Are you saying that we achieved what is required according to the Book *at the same time*?"

"Apparently."

"Shall we agree that it is a draw?" I suggested.

He nodded. "A draw."

We shook hands.

"Let's have a drink," I suggested.

We sat down at a table and ordered drinks.

"Funny affair, all that," he said dreamily. "I feel sorry for Mrs Starke. So much effort without any result. I still have the sword at least. Wonderful piece. I would have given it to her, but she declined. She is very disappointed, of course. Hasn't given up on her expeditions, though. In fact, she mentioned that her next –"

"Stop it, Doddlington!" I shouted. "I don't want to hear anything about it!" – – –